KB118416

Gespräch

über

die

Poesie

시문학에 관한 대화

프리드리히 슐레겔 지음

이영기 옮김

Gespräch über die Poesie

Gespräch

über

die

Poesie

문학동네

일러두기

1. 이 책은 *Friedrich Schlegel: Kritische Friedrich-Schlegel-Ausgabe*[Hg. von Ernst Behler. Unter Mitwirkung von Jean-Jacques Anstett und Hans Eichner. Band 2: Charakteristiken und Kritiken I(1796~1801). Paderborn u.a. 1967, S. 284~351]을 옮긴 것이다.
2. 원서에서 이탤릭체나 대문자로 강조한 것은 고딕체로 표기했다.
3. 본문에서 역자가 보충한 말은 [ ]로 표기했으며, 하단의 각주는 대부분 역자주다. 원저자의 각주는 [원주]로 표기했다.
4. 인명, 지명 등 외래어는 국립국어원의 외래어표기법을 따랐다. 단, 외래어표기법이 제시되지 않은 일부 단어들은 국내 매체에서 일반적으로 통용되는 표기를 참조했다.
5. 장편소설과 희곡 등의 작품과 단행본, 소책자, 정기간행물은 『 』로, 논문과 단편소설, 시 등은 「 」로 표기했다.

차 례

시문학은 시문학을 사랑하는 심성을 지닌 모든 사람을 서로 친구가 되게 하고 풀리지 않는 끈으로 묶어준다. 이들은 평소 자신들의 삶에서는 온갖 서로 다른 것을 추구하는지라, 한 사람이 가장 성스럽게 여기는 것을 다른 한 사람은 완전히 무시하고 오해하고 알아듣지 못하여 영원히 서로 낯선 상태로 남을 수도 있다. 그럼에도 [시문학의] 영역에서는 이들이 더 높은 차원의 마법의 힘으로 하나가 되어 사이좋게 지낸다. 모든 뮤즈는 저마다 서로를 찾고 발견하며, 시문학의 모든 물결이 다 함께 [나뉠 수 없는 하나의 시문학이라는] 거대한 보편성의 바다로 흘러들어간다.

이성은 단 하나이며 모든 사람에게서 동일하다. 하지만 모든 인간이 각자 자신의 고유한 본성과 자신의 고유한 사랑을 갖고

있듯이, 모든 인간은 저마다 자신의 고유한 포에지[1] 또한 지니고
있다. 있는 그대로의 자기 자신이 확실한 만큼, 각자의 내부에 어
떤 근원적인 것이 확실히 있는 만큼, 이 포에지는 자신의 것으로
남을 수밖에 없으며 마땅히 그렇게 되어야 한다. 그리고 어떤 비
판이라 할지라도 그를 정신도 감각도 없는 어떤 평범한 모습으
로 순화하고 정화하기 위해 그가 지닌 가장 고유한 본질과 가장
내적인 힘을 빼앗을 수 없으며 그래서도 안 된다. 무엇을 원하는
지 알지 못하는 어리석은 자들이나 그렇게 하려 애쓰는 것이다.
그렇지만 진정한 비판이라는 수준 높은 학문은 그가 자기 자신
을 내면에서 어떻게 형성해가야 하는지 가르쳐야 한다. 그리고
무엇보다도 시문학의 모든 다른 독자적 형태들의 고전적 힘과
충만함 역시 파악하여 낯선 정신의 소유자들이 피워낸 꽃과 맺
은 열매가 자신만의 고유한 환상을 위한 자양분과 씨앗이 되도
록 가르쳐야 한다.

참된 뮤즈의 환락歡樂을 아는 자는 이 도정에서 결코 극점까
지 나아가지 못할 것이며, 혹은 거기에 도달했다고 착각하지도
않을 것이다. 흘러넘치는 만족감 자체에서 끝없이 새롭게 생겨
나는 동경을 결코 잠재울 수 없기 때문이다. 시문학의 세계는 식
물과 동물, 그리고 온갖 종류와 형상과 색채를 지닌 형성물에서

---

1 여기서 '포에지(Poesie)'는 텍스트로서의 시문학이 아니라 이 단어의 어원인 '포이에
시스(poiesis)'가 의미하는 생산하고 형성하고 창작하는 능력 자체를 가리킨다. 일반
적으로 시문학작품으로서의 포에지는, 아리스토텔레스에 따르면 서사시, 서정시, 드
라마 장르에 속하는 텍스트를 말하며, 이와 함께 산문(Prosa)과 대립되는 '운문'이라
는 의미를 지닌다.

볼 수 있는 생동하는 자연의 풍성함과 마찬가지로 헤아릴 수 없
으며 무궁무진하다. 드넓은 정신의 소유자라 하더라도 시의 형
식과 이름을 갖춘 인위적인 작품이나 자연적인 산물들을 모두
파악하기는 어려울 것이다. 그런데 이런 것들을, 식물 속에서 약
동하고 빛 속에서 반짝이며 아이 속에서 미소 짓고 활짝 핀 젊
음 속에서 빛나며 여인들의 사랑하는 가슴속에서 타오르는 형
식 없고 의식 없는 시문학에 비할 수 있을까? 그렇지만 이러한
시문학이야말로 최초의 근원적인 시문학이며, 단언컨대 이것 없
이는 말로 된 어떠한 시문학도 존재하지 않을 것이다. 우리 인
간 모두에게 영원히 언제까지나 모든 활동과 모든 기쁨의 대상
과 소재가 되는 것은 다름아닌 단 하나의 신성함의 시, 즉 대지
이며 우리 또한 그것의 일부이자 결실이다. 우리는 이 무한한 기
계 장치의 음악을 알아들을 수 있고 이 [신성한] 시의 아름다움
을 이해할 수 있다. 시인의 한 부분, 즉 그의 창조적 정신의 불꽃
한 점 역시 우리 내부에 살아 숨쉬며, 스스로 만든 비이성의 잿
더미 깊숙한 곳에서 은밀한 힘으로 결코 멈추지 않고 타오르고
있기 때문이다.

누군가가 나서서 가령 납득할 만한 연설과 가르침으로 시문
학을 보존하고 전파시키려 노력할 필요는 없다. 혹은 아예 시문
학을 만들어내고 창작하고 확립하여, 시문학 이론이 응당히 그
렇듯이, 시문학에 구속적인 법칙들을 부여하려 애쓸 필요도 없
다. 대지의 씨앗이 저절로 생장물과 식물로 치장하는 것처럼, 생
명이 저절로 심연에서 솟아나서 모든 것이 유쾌하게 번식하는

존재들로 가득차게 되는 것처럼, 신성한 태양의 따뜻한 햇살이 시문학에 내리쬐어 열매를 맺게 한다면 시문학 또한 인류가 지닌 눈에 보이지 않는 원초적 힘으로부터 저절로 솟아나와 꽃을 피운다. 오직 형상과 색채를 통해서 모방해가면서 인간이 어떻게 형성되는지를 표현할 수 있다. 그렇기에 원래 시문학에 관해서는 오로지 시문학으로만 말할 수 있는 것이다.

시문학에 관한 각자의 견해는 그것 자체가 시문학인 한 참되고 나무랄 데 없다. 하지만 각자의 시문학은 그것이 바로 그 자신의 시문학인 까닭에 제한적일 수밖에 없고, 그런 탓에 시문학에 관한 그의 견해 또한 당연히 제한적일 수 있다. 정신은 이것을 도무지 견뎌낼 수 없다. 의심할 여지 없이 정신은, 스스로 의식하지는 못하지만, 어떤 인간이라 할지라도 그는 단지 한 명의 인간일 뿐만 아니라 동시에 실제로 그리고 정말로 인류 전체일 수 있으며 그래야 한다는 것을 알고 있기 때문이다. 그렇기 때문에 자기 자신을 늘 다시금 발견한다고 확신하는 인간은 자신의 가장 내적인 본질을 보완할 수 있는 것을 낯선 존재의 깊은 곳에서 추구하고 발견하기 위해 끊임없이 새로이 자신에게서 벗어난다. 소통하기와 다가서기라는 유희는 삶의 과업이자 활력인 것이며, 절대적 완성은 오로지 죽음 속에서만 존재한다.

이런 까닭에 시인 역시도 자신만의 독특한 포에지의 표현을 본래 타고나서 습득한 바대로 영속적인 작품들에 남기는 것에 만족해서는 안 된다. 시인은 자신의 시문학과 이에 관한 견해를 끊임없이 확장시켜 이 지상에서 가능한 최고의 시문학에 가까이 다가가려고 노력해야 한다. 이는 자신의 일부를 가장 특정한 방식으로 [시문학이라는] 거대한 전체와 연결시키려고 노력함으로써 가능하다. 치명적인 일반화는 이와 정반대의 결과를 낳기 때문이다.

시인이 그 중심점을 찾아냈다면, 마찬가지로 다른 측면에서 다른 방식으로 이 중심점을 찾아낸 이들과의 소통을 통해서 그렇게 할 수 있다. 사랑에는 응답이 필요하다. 진정한 시인에게는 겉보기에 화려하기만 한 사람들과의 어울림조차도 유익하고 교훈적일 수 있다. 시인은 사교적인 존재다.

나는 오래전부터 시문학에 관해서 시인들과 시적인 정서를 지닌 사람들과 이야기를 나누는 것에 커다란 자극을 받았다. 그렇게 나눈 많은 대화를 전혀 잊지 않았다. 다른 종류의 대화들에 관해서는 무엇이 상상에 속하는지 기억에 속하는지 정확히 알지 못한다. 많은 부분은 실제로 있었던 일이고 다른 부분들은 꾸며낸 것이다. 지금 이 대화도 마찬가지다. 이 대화는 완전히 상이한 견해들을 대립시킬 수밖에 없는데, 각각의 견해는 자신의 관점에서 시문학의 무한한 정신을 새롭게 조명할 수 있으며, 그리고 이 모든 견해는 대개 때로는 이런 측면에서 때로는 저런 측면에서 본질적인 핵심으로 파고들어가고자 노력할 것이다. 이러한 다양성에 대한 관심에서 나는 친구들과의 모임에서 깨달아서 처음에는 그들과 관련해서만 생각했던 것을 모두에게, 즉 가슴속에서 자신의 사랑을 감지하고 내면에 깃든 삶의 충만함으로 자연과 시문학의 신성한 신비에 자신을 봉헌할 생각이 있는 모든 이들에게 전달하기로 결심했다.

●

아말리아와 카밀라는 어떤 새로운 연극에 관해 이제 방금 대화를 나누기 시작했다. 오기로 했던 친구들 중에서 우리가 마르쿠스와 안토니오라고 부르기로 한 두 사람이 큰 소리로 웃으며 모습을 드러냈을 때, 이 대화는 점점 더 활기를 띠었다. 그 두 친구가 합류함으로써, 자유롭고 유쾌하게 공통의 관심사를 나누기 위해 평소 아말리아의 집에서 모이곤 했었던 이 모임의 인원이 여느 때처럼 갖춰졌다. 대개 어떤 약속이나 규칙 없이도 서로에게 자명한 사실은, 시문학이 이들 모임의 주제이자 계기이고 중심이라는 것이었다. 지금까지 이들 가운데 때로는 이 사람이, 때로는 저 사람이 드라마 작품이나 다른 어떤 작품을 낭독했었고, 그리고 나서 이런저런 이야기를 많이 나누었으며 훌륭하고 멋진 내용들이 많이 오갔었다. 그러나 얼마 지나지 않아 모두들 이런 식의 환담에 다소간이나마 부족함을 느꼈다. 아말리아가 이런 상황을 가장 먼저 알아채고 어떻게든 해결책을 강구하려 했다. 그녀가 생각하기에는 친구들이 자신들의 견해가 서로 상이하다는 것을 충분할 만큼 명확하게 자각하지 못하고 있었다. 그 결과 의사소통이 혼란스러워지고, 그렇지만 않으면 아마 의견을 내놓을 여러 사람들조차 침묵하게 된다는 것이다. 모두가, 혹은 우선은 가장 마음이 내키는 사람만이라도 한번 시문학에 관한 자신의 생각을, 또는 시문학의 한 부분이나 한 측면에 관한 자신의 생각을 솔직하게 표명하자고, 아니면 차라리 각자 어떤 생각을 하는지 알 수 있도록 글로 작성해보자고 했다. 카밀라는 아말리아의 의견에 열렬히 찬성하면서, 그렇게 되면 적어도 한번쯤은 새로운 무언가가 일어날 테니 계속해서 작품을 읽기만 하는 상황에서 벗어날 수 있을 것이라고 했다. 그렇게 되어야 비로소 논쟁이 제대로 이루어지게 될 것이고, 논쟁은 또한 모름지기 그래야 한다고 그녀는 말했다. 그렇지 않으면 영원한 평화에 대한 희망은 없기 때문이라는 것이다.

친구들은 이 제안을 마음에 들어했고 이를 실행하기 위한 작업에 즉시 착수했다. 평소에 가장 말이 없고 논쟁적이지 않으며, 아무리 다른 사람들이 말하고 논쟁하더라도 빈번히 몇 시간이나 침묵을 지키며 품위 있게 평온함을 잃지 않았던 로타리오조차 상당히 생기 넘치는 흥미를 보이는 것 같았으며, 심지어 무언가를 발표하겠다고 약속까지 했다. 일이 진척되고 준비가 이루어지면서 관심은 커져갔고, 여성들은 이를 계기로 축하연을 마련했다. 그리고 마침내 각자 준비한 것을 발표해야 할 날짜가 확정되었다. 이 모든 상황들로 인해 긴장감은 여느 때보다 한층 고조되었지만, 대화의 분위기는 평소와 마찬가지로 아주 자연스럽고 가벼웠다.

카밀라는 대단히 열정적으로 그 전날 있었던 어떤 연극 공연을 설명하며 칭찬을 늘어놓았다. 이와 달리 아말리아는 그 작품을 못마땅하게 여겼는데, 거기에는 예술은 물론 지성에 대한 어떠한 예견도 전혀 담기지 않았다고 주장했다. 카밀라는 즉각 인정했다. "그렇지만", 그녀는 말했다. "그 작품은 어쨌든 충분히 활력 있고 생기가 넘칩니다. 혹시 좋은 연극배우들이 훌륭한 심정心情으로 연기한다면 적어도 그렇게 만들 수 있을 겁니다." "그들이 정말로 좋은 배우들이라면", 안드레아가 자신의 원고를 흘끗 보더니 아직 도착하지 않은 친구들이 곧 오지 않을까 출입문 쪽을 살펴보면서 말했다. "그들이 정말로 좋은 배우들이라면, 원래는 그들 모두가 자신들의 훌륭한 심정은 벗어버리고 시인들의 심정을 우선 만들어내야 합니다." "나의 친구여", 아말리아가 대답했다. "그대의 좋은 심정이 그대 자신을 시인으로 만들어주는 것이지요. 왜냐하면 그런 극작가들을 시인이라 부르는 것은 다만 하나의 꾸며낸 이야기에 불과하기 때문입니다. 그리고 이는 희극 배우들이 자신들을 스스로 예술가라고 칭하거나 혹은 그렇게 불리도록 하는 것보다 실제로 훨씬 더 심각한 일이지요." "그래도 우리는 우리 방식대로 합시다." 안토니오가 카밀라의 편을 분명하게 들면서 말했다. "만일 한번쯤 행복한 우연으로 말미암아 삶의 불꽃, 기쁨과 정신의 불꽃 한 점이 평범한 사람들에게서 일어난다면, 차라리 우리가 그것을 인정하고 바로 그 사람들이 얼마나 평범한지 끊임없이 같은 말을 되풀이하지는 맙시다." "거기에 관해서는 논쟁의 여지가 있어요." 아말리아가 말했다. "우리가 이야기하고 있는 그 작품에서는 거의 매일 다반사로 일어나는 것, 즉 허다한 어리석음을 제외하면 전혀 아무 일도 벌어지지 않았다는 것이 확실하거든요." 이어서 아말리아는 여러 가지

예를 들기 시작했다. 하지만 이내 그만해달라는 요청을 받았다. 그리하여 실제로 그 예들은 그것이 증명해야 했던 바를 너무나도 잘 증명해 보인 셈이 되었다.

카밀라는 이런 것들은 자신과는 전혀 상관이 없다고 답변했다. 자신은 그 작품의 등장인물들의 대사나 말투에는 특별히 주의를 기울이지 않았다는 것이다. 그렇다면 그 작품이 오페레타도 아닌데 도대체 무엇에 주목했는지 그녀에게 질문이 들어왔다. "외적인 현상에 주목했지요." 카밀라가 대답했다. "나는 그것을 마치 가벼운 음악처럼 연주되도록 두었답니다." 그러고 나서 카밀라는 가장 재기발랄한 여배우들 중 한 명을 칭찬하며 그녀의 몸동작과 아름다운 의상을 묘사했고, 우리의 연극과 같은 활동이 그렇게 진지하게 받아들여질 수 있다는 데 놀라움을 표시했다. 물론 연극에서는 일반적으로 거의 모든 것이 평범하기는 하지만, 사람들에게 더 가까이 다가와 있는 삶에서조차 평범한 것은 종종 매우 낭만적이고 편안한 모습으로 나타난다는 것이다. "거의 모든 것이 일반적으로 평범하지요." 로타리오가 말했다. "이는 매우 옳은 지적입니다. 정말이지 우리는 혼잡함이나 역겨운 냄새, 혹은 불쾌한 이웃들에 시달려보지 않은 사람이 행복에 관해 말하는 곳에 더이상 자주 가서는 안 됩니다. 예전에 어떤 학자가 극장을 위한 비문을 지어달라는 요청을 받은 적이 있었다고 합니다. 나라면 다음과 같은 비문을 제안할 것 같습니다. '오라, 방랑자여, 그리고 가장 진부한 것을 보라.' 이것이 대부분의 경우에 들어맞을 것입니다."

여기서 대화는 이제 막 들어오고 있는 친구들에 의해 중단되었다. 그리고 이 두 친구가 함께 있었더라면, 논쟁은 아마도 다른 방향으로 흘러가 복잡하게 얽히며 전개되었을지도 모른다. 왜냐하면 마르쿠스는 연극에 대해 그렇게 생각하지 않았으며, 연극으로부터 무언가 바람직한 것을 이끌어내야 한다는 희망을 포기할 수 없었기 때문이다.

앞서 말한 것처럼, 이 두 사람은 거리낌없이 크게 웃으며 모임에 들어섰는데, 사람들이 들을 수 있었던 마지막 말들로 미루어볼 때 이들의 대화가 영국의 소위 고전 시인들과 관련된 것임을 추측할 수 있었다. 이 주제에 관해서 몇 가지 이야기가 더 오갔다. 자신이 직접 대화를 이끄는 경우는 좀처럼 드물었지만 이따금 흔쾌히 그런 논쟁적인 발상을 가지고 대화에 끼어들었던 안토니오는, 영국인들의 비평과 열광의 기본 원칙들은 국가의 부富에 관한 글을 집필한 스미스[2]에게서 찾을 수 있을 것이라고 주장했다. 영국인들은 고전 작가 한 명을 다시 공적 자산의 금고에 모셔놓을 수만 있다면 무척 좋아하리라는 것이다. 이 섬나라에서 간행된 저서가 하나같이 시론試論인 것처럼, 거기서는 작가들도 적당한 시간을 투자하기만 하면 모두 고전 작가가 된다고 했다. 영국인들은 최상의 가위를 제작하는 일이나 최고의 시문학을 창작하는 일에 동일한 이유와 동일한 방식으로 자

---

2 애덤 스미스(Adam Smith, 1723~1790). 스코틀랜드 출신의 영국 경제학자이자 도덕철학자. 경제학의 고전 『국부론』(1776)과 인간 본성에 대한 통찰을 담은 『도덕감정론』(1759)을 썼다.

부심을 가진다는 것이다. 그래서 영국인은 셰익스피어를 포프[3]나 드라이든,[4] 혹은 그 밖의 고전 작가를 읽을 때와 근본적으로 다르게 읽지 않는데, 이 작가나 저 작가나 별반 다르게 생각하지 않는다고 했다. 마르쿠스는 아이들이 천연두를 앓아야만 하는 것처럼 그 황금시대야말로 이제 모든 나라가 거쳐가야 하는 근대의 질병이라는 생각을 피력했다. 안토니오는 그렇기에 예방접종을 통해서 질병의 힘을 약화시키는 시도를 할 수 있어야 한다고 말했다. 자신의 혁명적 철학으로 대규모의 절멸을 기꺼이 추진했던 루도비코가 **잘못된 시문학의 체계**System der falschen Poesie에 관해 이야기하기 시작했다. 이는 그가 발표하려는 것이었는데, 잘못된 시문학이 이 시대에, 특히 영국인들과 프랑스인들에게서 한때 유행했으며 부분적으로는 여전히 퍼져 있다고 했다. 서로 아름답게 잘 어울리고, 하나가 다른 하나를 보충하며 우호적으로 타협하는 이러한 모든 잘못된 경향들의 심오하고 근본적인 연관성은 특이하고 교훈적일뿐더러 재미있고 그로테스크하다는 것이다. 루도비코는 시구詩句를 지을 수만 있다면 좋겠다고 말했는데, 한 편의 우스운 시에서 자신이 생각하는 바가 정말 제대로 드러나기 때문이라는 것이다. 그는 이에 관해서 더 이야기하려 했다. 하지만 여성들이 그를 중단시켰고 안드레아에게 발표를 시작하라고 요청했다. 그러지 않으면 이런 서설은 끝나지 않을 것

---

3 알렉산더 포프(Alexander Pope, 1688~1744). 영국의 고전주의 시인. 호메로스의 서사시 『일리아스』와 『오디세이아』를 번역했다.
4 존 드라이든(John Dryden, 1631~1700). 영국의 시인, 극작가, 문학비평가.

이며, 나중에 그만큼 더 많이 이야기하고 논쟁할 기회가 있다는 것이다. 안드레아가 원고를 펼치고 읽었다.

○

시문학의 시대들

어느 생동하는 정신이 어떤 만들어진 문자Buchstabe에 담겨 나타나는 곳에는 예술이 있고 분리가 있으며, 장악해야 할 소재와 사용하는 도구들, 작품 구상과 다루는 법칙들이 있다. 이런 이유로 우리는 시문학의 대가들이 상당히 다양한 방식으로 시문학을 만들어내려 활기차게 노력하는 것을 보게 된다. 시문학은 하나의 예술이다. 그리고 시문학이 아직 예술이 아니었을 때라면 시문학은 예술이 되어야 하는 것이고, 시문학이 예술이 되었다면, 그것은 시문학을 진정으로 사랑하는 이들에게 시문학을 인식하고 대가의 의도를 이해하고 작품의 본질을 파악하고 학파의 기원과 그것의 형성 과정을 경험하려는 강렬한 동경을 틀림없이 불러일으킨다. 예술은 지식을 토대로 하며, 예술의 학문은 예술의 역사다.

모든 예술에 본질적으로 고유한 특성은, 이미 형성된 것에 잇닿아 있다는 점이다. 그런 까닭에 [예술의] 역사는 세대에서 세대로, 단계에서 단계로 점점 더 높이 올라갈수록 고대로 되돌아가 최초의 근원적인 원천에 다다른다.

우리 근대인들, 즉 유럽에게 이러한 원천은 고대 그리스에 있으며, 그리스인들과 그들의 시문학의 원천은 호메로스와 그의 후예들이 형성한 오래된 학파였다. 이것이야말로 모든 것을 형성해낼 수 있는 시문학의 고갈되지 않는 원천이었으니, 삶의 파도가 잇달아 굽이치며 흘러가는 묘사의 거센 흐름이며, 대지의 충만함과 천상의 찬란함이 온화하게 비치는 고요한 바다였던 것이다. 현자들이 자연 만물의 기원을 물에서 찾듯이, 가장 오래된 시문학도 유동적인 형태로 나타난다.

두 개의 서로 상이한 중심점을 둘러싸고 다수의 전설과 시가詩歌가 서로 결합되었다. 하나는 공동의 위대한 과업, 위세와 불화의 알력, 가장 용맹한 자의 명성에 관한 것이었고, 다른 하나는 감각적이고 새롭고 이상하고 매혹적인 것들의 충만함, 한 가족의 행복, 어려움을 겪으면서도 결국 어떻게 귀향에 성공하는지를 보여주는 가장 노련한 영리함의 전형에 관한 것이었다. 이러한 근원적인 분리를 통해서 마련되고 형성된 것이 바로 우리가 『일리아스』와 『오디세이아』라고 부르는 것이며, 이렇게 분리되는 가운데 바로 확고한 입지를 다졌던 것은 동시대의 시가들을 위해서라기보다는 후대를 위해 남겨지게 되었다.

우리는 호메로스적인 시문학의 성장에서 이를테면 모든 시문학의 발생을 본다. 하지만 그 뿌리들은 우리의 시야에서 벗어나 있으며, 그 식물의 꽃과 가지는 불가해할 정도로 아름답게 고대의 밤으로부터 모습을 드러낸다. 매혹적으로 형성된 이러한 카오스야말로 그것으로부터 고대 시문학의 세계가 조직되었던 씨앗인 것이다.

서사시 형식은 급속히 쇠락했다. 그 대신 이오니아인들에게서도 얌보스[1] 형식의 [서정시] 예술이 생겨났다. 그것은 소재와 기법에 있어서 [서사시라는] 신화적 시문학과는 정반대였으며, 그리고 바로 그러한 이유에서 그리스 시문학의 두번째 중심점이 되었다. 이어서 이 형식과 함께 [또다른 서정시 형식인] 엘레기Elegie가 생겨났는데, 이는 서사시와 거의 마찬가지로 다양하게 변모되고 변형되었다.[2]

아르킬로코스[3]의 서정시가 어떠했는지에 관해서는 그의 단편斷片들과 기록들, 그리고 호라티우스[4]의 『서정시집Epoden』에 실린 모방작들 외에 아리스토파네스[5]의 희극이나 더 멀리는 심지

---

1 고대 그리스어의 단장격(短長格) 2음절 운각(Versfuß)을 '얌부스(Jambus)'라 하는데, 이 운율로 쓰여진 서정시를 '얌보스(iambos)'라 일컫는다.

2 '서정시(Lyrik)'라는 개념이 장르를 구분하는 용어로 쓰인 것은 헬레니즘 시대에 들어서지만, 고대 그리스의 초기 서정시는 내용적 기준이 아니라 형식적 기준인 운율에 따라 크게 얌보스, 엘레기(elegos), 멜로스(melos)라는 세 종류의 시 형식으로 분류된다. 서정시는 다양한 성격의 향연이나 공동체의 축제, 종교적 의식, 결혼식이나 장례식 같은 각종 의식에서 독창이나 합창의 형태로 낭송되었다.

3 아르킬로코스(Archilochos). 기원전 7세기 중엽 이오니아 지역에서 활동했던 고대 그리스의 서정시인. 얌부스의 창시자로 알려져 있다.

4 호라티우스(Quintus Horatius Flaccus, 기원전 65~기원후 8). 고대 로마의 시인. 『서정시집』에 수록된 17편의 시는 아르킬로코스를 모범으로 삼고 있다.

5 아리스토파네스(Aristophanes). 기원전 5세기에 활동한 고대 그리스의 희극 작가로 「개구리」「새」「구름」 등 총 11편의 작품이 전해져내려온다.

어 고대 로마의 풍자시와의 유사성을 통해서 추측할 수밖에 없다. [고대 그리스] 예술사에 있는 이 가장 커다란 공백을 채울 더이상의 자료가 우리에겐 없다. 그렇지만 곰곰이 생각해보면 누구에게나 분명한 사실은, 성스러운 분노로 토해내는 것이나 일상적 현재라는 가장 낯선 소재라 하더라도 전력을 다해 표현하는 것도 최고의 시문학의 영원한 본질에 속한다는 점이다.

이것이 고대 그리스 시문학의 원천이자 토대이며 시작이다. 가장 찬란한 전성기는 알크만[6]과 사포[7]에서 아리스토파네스에 이르기까지 도리아인, 아이올리아인, 아테네인 들의 멜로스적melisch,[8] 합창시적, 비극적 그리고 희극적 작품들을 포괄한다. 시문학의 최고 장르들에서 나타나는 이 진정한 황금기로부터 우리에게 남겨진 것들은 대체적으로 아름다운 양식이거나 위대한 양식, 열광이 지닌 활력, 신성한 조화를 이루며 형성된 예술이다.

이 모든 것이 고대 시문학의 확고한 토대 위에 놓여 있다. 자유로운 인간들의 축제와 같은 삶을 통해, 그리고 고대 신들의 성스러운 힘을 통해 하나이면서 나뉠 수 없는 전체로서 놓여 있는 것이다.

---

6   알크만(Alkman). 기원전 7세기 중반 스파르타에서 활동했던 고대 그리스의 서정시인으로 주로 합창서정시를 남겼다.
7   사포(Sappho). 레스보스섬의 상류층 출신으로 기원전 7세기 후반에서 기원전 6세기 초반에 활동했던 고대 그리스의 서정시인. 사랑과 결혼을 노래한 시들을 남겼다.
8   '멜로스(melos)'는 '노래로 불리우는 시'라는 일반적인 의미를 가지며 얌보스와 엘레기에 속하지 않는 것을 멜로스로 분류했다. 여기서는 합창서정시와 대조되는 특성을 갖는 서정시를 일컫는다.

모든 아름다운 감정을 노래하는 음악이 곁들여진 멜로스 형식의 서정시가 우선 열정의 갈망을 담아낸 얌보스 형식에 이어지고, 또 엘레기[9] 형식에 이어진다. 엘레기에서는 삶의 유희 가운데 일어나는 정조의 변화가 너무나도 생동감 넘치게 나타나서 증오와 사랑을 표현하기에 적합할 수 있다. 엘레기를 통해 호메르스적 시문학의 고요한 카오스는 새로운 형식과 형태로 옮겨가게 되었다. 이와 반대로 합창 형식의 노래는 서사시의 영웅적 정신에 더 기울었으며, 그래서 서사시와 마찬가지로 자연스럽게 법률적 진정성에 우위를 두느냐, [그리스] 민족의 정치 제도와 정서에 깃든 신성한 자유에 우위를 두느냐에 따라 나뉘었다. 에로스가 사포에게 불어넣은 [시적인] 것은 음악으로 가득찼으며, 그리고 핀다로스[10]의 위엄이 운동 경기의 경쾌한 흥분을 통해 부드러워지는 것처럼, [합창시] 디티람보스[11]는 활기 넘치게 [노래와 율동을 담당했던 비극] 합창대Orchestik의 가장 대담한 아름다움까지도 그대로 살려냈다.

비극 예술의 창시자들은 비극의 소재와 원형들을 서사시에서 찾아냈다. 그리고 서사시 자체로부터 이를 패러디한 것이 발전했

9 엘레기는 두 행이 한 단위를 이루는 이행시(Distichon) 형식이다.

10 핀다로스(Pindaros). 기원전 5세기 초에 활동했던 테베 출신의 고대 그리스의 서정시인. 올림피아 경기 등 각종 운동 경합에서 승리한 자들을 기리는 찬가로 유명하다.

11 디티람보스(Dithyrambos)는 디오니소스 축제에서 디오니소스에게 바치는 합창서정시로서 선창자와 합창단원이 번갈아가며 부르는 방식으로 낭송되었다. 디티람보스에서 비극의 형식이 유래되었다고 한다.

던 것처럼,[12] 비극을 창안한 이 대가들은 사튀로스극[13]을 창안하는 데서도 빛을 발했다.

조각술의 발전과 동시에 조형력과 구성 법칙에 있어서 조각과 비슷한 새로운 장르가 탄생했다.

[서사시] 패러디가 고대의 얌보스 형식과 결합하여 비극과 대조되는 희극이 생겨났는데, 희극에서는 오로지 대사를 통해서만 가능한 최고의 표정 연기가 넘쳐났다.

비극에서는 줄거리와 사건, 성격과 열정이 전래된 전설로부터 하나의 아름다운 체계로 조화롭게 정돈되고 형성되었던 것처럼, 희극에서는 지나칠 정도로 많은 착상들을 음유서사시Rhapsodie[14]의 형식으로 과감하게 구사했는데, 겉보기에 연관성이 없어 보이는 것 속에 심오한 이해를 담아냈다.

[비극과 희극이라는] 이 두 종류의 아티카 드라마는 가장 최고의 유한한 삶, 즉 인간들 중의 인간의 삶이 등장하는 두 가지 위대한 형식의 이상理想과 관련되면서 아주 효과적으로 [그리스인들의] 삶에 영향력을 행사했다. 공화국에 대한 열광은 아이스킬로스[15]와 아리스토파네스에게서 찾아볼 수 있으며, 고대 시대

---

12 호메로스의 서사시 『일리아스』를 기원전 1세기에 어느 무명 시인이 패러디하여 썼다고 전해지는 「개구리와 쥐의 전쟁Batrachomyomachia」이 대표적인 작품이다.

13 고대 그리스 비극경연 대회에서는 세 명의 비극시인이 세 편의 비극과 한 편의 사튀로스극으로 이루어진 4부작을 무대에 올려 경연을 벌였는데, 사튀로스극은 비극과는 달리 익살스러운 내용을 담았다.

14 고대 그리스의 음유 시인(rhapsodos)이 낭송하던 서사시의 총칭.

15 아이스킬로스(Aischylos, 기원전 525~456). 비극의 창시자로 알려진 아테네 비극작가. '오레스테이아' 3부작을 비롯한 총 7편의 작품이 전해져내려온다.

의 영웅적 상황에서 볼 수 있는 훌륭한 가문의 고귀한 원형은 소포클레스[16]의 비극의 토대를 이룬다.

아이스킬로스가 엄숙한 위대함과 세련되지 않은 열광의 영원한 모범이고 소포클레스가 조화로운 완성의 영원한 모범이라면, 에우리피데스[17]는 몰락한 예술가에게서만 가능한 불가해한 유약함을 이미 보여주며, 그의 비극은 종종 가장 기발한 장광설에 지나지 않을 때가 있다.

고대 그리스 시문학의 이러한 최초의 작품들, 즉 고대 서사시, 얌보스 서정시, 엘레기 서정시, 축제 합창서정시들과 희곡들, 이것이야말로 시문학 자체다. 우리 시대에 이르기까지 뒤따르는 모든 것은 잔여물이자 잔향殘響이고 제각기 흩어져 있는 예감이며, 시문학의 가장 높은 저 올림포스에 다가가려는 접근이자 그것으로의 회귀인 것이다.

완벽을 기하기 위해 언급할 필요가 있는 것은 교육적 didaskalisch[18] 시의 최초의 원천과 모범, 즉 시문학과 철학의 상호적인 이행 과정들 역시 고대 그리스 문화의 전성기에서 찾아볼 수 있다는 점이다. 즉 자연에 열광한 비교秘教의 찬가들, 사교적

---

16 소포클레스(Sophokles, 기원전 496~406). 비극의 완성자로 알려진 아테네 비극작가. '테바이 3부작' 중 하나인 『오이디푸스 왕』에 대해 아리스토텔레스는 "비극의 모든 요건을 갖춘 가장 짜임새 있는 드라마"라고 상찬했다.

17 에우리피데스(Euripides, 기원전 485~406). 아테네 비극작가. 『메데이아』 『엘렉트라』 『타우리케의 이피게네이아』 등 18편의 작품이 전해져내려온다.

18 고대 그리스 극작가들의 무대 연출지시문을 '디다스칼리아(didaskalia)'라고 하는데, 여기서 '교육적' '교수법적'이라는 의미가 담긴 문헌학적 용어 'didaskalisch'가 파생되었다.

윤리의 경구Gnome에 담긴 의미심장한 가르침들, 엠페도클레스를 비롯한 다른 자연철학자들의 우주론적 시들에서, 그리고 가령 철학적 대화와 이 대화의 묘사가 완전히 시문詩文으로 넘어가는 여러 향연들[19]에서 찾아볼 수 있다.

사포, 핀다로스, 아이스킬로스, 소포클레스, 아리스토파네스 와 같은 비할 바 없이 위대한 사람들은 다시 나타나지 않았다. 하지만 필록세노스[20] 같은 천재적인 대가들은 여전히 있었는데, 이들은 고대 그리스인들이 이상적이고 위대한 시문학에서 세련 되고 학구적인 시문학으로 넘어가는 혼란과 격동의 상태를 묘 사하고 있다. 이러한 시문학의 중심지는 [이집트의] 알렉산드리 아[21]였다. 그렇지만 이곳에서만 일곱 명의 고전기 비극 시인들이 북두칠성[22]을 이루며 활약했던 것은 아니었다. [그리스 본토의] 아티카의 무대에서도 일군의 대가들이 빛을 발했다. 그리고 시 문학 예술가들이 비록 모든 장르에 걸쳐 이전의 모든 형식을 모 방하거나 변형하려고 수없이 시도하기는 했지만, 이 시대에 아 직 남아 있는 창조력을 가장 기발하면서도 때로는 특이한 방식 의 새로운 결합과 구성을 통해, 일부는 진지하게, 일부는 희화화 시켜 아주 풍성하게 보여주었던 것은 그중에서도 단연코 드라마

---

19 크세노폰이나 플라톤의 『향연Symposion』을 예로 들 수 있다.
20 필록세노스(Philoxenos). 기원전 400년 경에 시칠리아섬에 있는 시라쿠사이의 디오 니시오 1세의 궁정에서 활동한 고대 그리스의 디티람보스 시인.
21 마케도니아의 알렉산더대왕이 자신의 이름을 붙여 세운 도시. 헬레니즘 시기의 프 톨레마이오스 왕조하에서 문화적 중심지가 되었다.
22 알렉산드리아에서 활동했던 일곱 명의 극작가들을 '북두칠성(Plejaden)'이라는 이 름으로 묶어 불렀다.

장르였다. 그러나 다른 장르들에서와 마찬가지로 세련된 것, 재치 있는 것, 작위적인 것에 머물고 말았다. 이 다른 장르들 중에서 우리는 오직 전원시$_{\text{Idyllion}}$[23]를 이 시대의 독특한 형식으로 언급한다. 그러나 이 형식의 특징은 거의 대부분 무형식성에 있다. 전원시는 운율에서나 언어와 서술 방식의 많은 표현들에서 어느 정도 서사시적 양식을 따르며, 줄거리와 대화에서는 상당히 향토적 색채를 지닌 사교적 삶의 모습을 담은 하나하나의 장면을 연기하는 도리아 배우들을 따른다. 노래를 서로 주고받는 부분에서는 목동들이 부르는 소박한 노래들을 따르고, 에로스적 정신에서 보면 이 시대의 엘레기와 [2행] 격언시$_{\text{Epigramm}}$와 비슷하다. 이 시대에 [에로스적] 정신은 서사적 작품들로까지 흘러들어갔으나, 그 작품들은 많은 경우 형식상에서만 서사적이었다. 또한 이 시대에 예술가는 교훈적 장르에서는 가장 까다롭고 무미건조한 소재까지도 잘 묘사하여 성공적으로 다룰 수 있음을 보여주려 했고, 이와 달리 신화적 장르에서는 자신들이 아주 흔하지 않은 소재까지도 알고 있으며 가장 오래되고 최고로 완성된 소재 역시 새롭게 젊은 활력을 불어넣어 더 세련되게 변형시킬 수 있음을 보여주고자 했다. 혹은 세련된 패러디에서는 겉보기에만 어떤 실제 대상일 수 있는 것을 가지고 유희를 일삼았다. 전반적으로 이 시대의 시문학은 형식의 인위성에 치우쳤거나, 아니면

---

23 '작은 그림' '짧은 시'라는 의미를 갖고 있는 이 명칭은 소박하고 꾸밈없는 삶의 상태를 묘사하는 시문학 형식이다. 기원전 3세기에 활동한 고대 그리스의 시인 테오크리토스(Theokritos)가 창시자로 알려져 있다.

아티카 지방의 신희극[24]에서도 우세적이었던 소재의 감각적 매력에 빠져 있었다. 그렇지만 가장 관능적인 특징은 상실되었다.

모방하는 것에도 지치게 되자, 사람들은 오래된 꽃들로 새로운 화환을 엮어내는 데 만족했다. 그래서 그리스 시문학을 마감하는 것은 바로 시선집들인 것이다.

로마인들은 아주 짧은 기간 동안만 시문학의 열풍을 경험했다. 이 기간 동안 그들은 자신들의 전형으로 삼은 [그리스] 예술을 제 것으로 만들기 위해 전력을 다해 고군분투했다. 그들은 이러한 전형을 우선 알렉산드리아인들을 통해서 건네받았다. 그런 까닭에 에로스적인 것과 학구적인 것이 로마인들의 작품에서 지배적인데, 예술에 관한 한 이러한 요소들이 또한 그들의 작품을 평가하는 관점이어야 한다. 왜냐하면 분별 있는 자라면 모든 창작물을 저마다 그것이 속한 영역에 두고 그 고유의 이상에 따라서만 판단하기 때문이다. 물론 호라티우스는 어떠한 형식에 있어서도 주목할 만하며, 이 로마인과 같은 가치를 지닌 인물을 고대 그리스 말기의 그리스인들 가운데서 찾는 것은 헛된 일일 것이다. 하지만 호라티우스에 관한 이러한 일반적인 관심 자체는 예술적 판단이라기보다는 낭만적 관심에 가깝다. 예술적 판단에서도 단지 풍자시에서만 그를 높이 평가할 수 있다. 로마적 활력이 그리스 예술과 융합되어 하나가 된다면, 그것이야말로 멋진 모습

---

24 아리스토파네스로 대표되는 고대 그리스 희극을 '구희극'으로, 메난드로스(Menandros, 기원전 342~291) 이후 희극을 '신희극'이라고 구분짓는다.

이다. 그렇게 프로페르티우스[25]는 가장 기예적인 시작법으로 하나의 거대한 세계를 일궜는데, 진심 어린 사랑이 그의 진실한 마음으로부터 강물처럼 힘차게 쏟아져나왔다. 우리는 그에게서 고대 그리스의 엘레기 시인들에 대한 상실감을 위로받을 수 있을 것이다. 마치 루크레티우스가 엠페도클레스에 대한 상실감을 위로해주는 것처럼 말이다.[26]

몇 세대에 걸쳐 로마에서는 모두가 시를 짓고자 했으며, 저마다 뮤즈들의 환심을 얻고 그들을 다시 격려해야 한다고 믿었다. 이를 두고 로마인들은 시문학의 황금기라고 불렀다. 이는 이 나라의 문화에서 피었던 열매 맺지 못한 꽃과 흡사하다. 근대인들은 이런 점에서 로마인들을 따랐다. 아우구스투스 황제와 마에케나스[27]의 치세에서 일어났던 일은 이탈리아의 친퀘첸토Cinquecento[28] 예술가들에게 있었던 일에 대한 일종의 전조였다. 루이 14세는 그러한 [예술적] 정신의 부흥을 프랑스에서 도모하고자 했으며, 영국인들도 앤여왕 치세에서의 취향을 최고의 것으로 간주하는 데 의견을 같이했다. 그리고 모든 나라가 이제부

---

25 프로페르티우스(Sextus Aurelius Propertius). 기원전 1세기에 활동한 고대 로마의 시인. 4권으로 된 사랑의 비가(悲歌)가 전해진다.

26 시문학의 형식으로 자신의 사상을 표현했던 고대 그리스의 자연철학자들의 전통이 엠페도클레스 이후 사라졌는데, 기원전 1세기의 고대 로마 철학자이자 시인 루크레티우스(Titus Lucretius Carus)는 엠페도클레스를 모범으로 삼아 자신의 자연철학서 『사물의 본성에 관하여』를 서사시 운율로 썼다.

27 마에케나스(Gaius Maecenas, 기원전 ca. 70~기원후 8). 로마 아우구스투스황제의 충실한 조언자로서 호라티우스와 베르길리우스를 후원하는 등 문화예술의 진흥에 힘썼다.

28 이탈리아어로 '500'이라는 뜻으로, 예술사에서 1500년대, 즉 16세기의 이탈리아의 시대 개념이나 시대 양식을 가리킨다.

터는 자신의 황금시대를 구축하려 했다. 이어지는 각 시대는 그 이전 시대보다 더 빈약하고 형편없었다. 독일인들이 [18세기 계몽주의 시기를] 자신들의 황금시대라고 착각했던 것에 대해서는 지금 이 발표에서 더 자세하게 설명할 가치가 없다.

다시 로마인들에게로 돌아가자. 이미 언급한 대로 그들에게는 단 한 번 시문학의 열풍이 있었을 뿐이며, 시문학이 그들에게는 실은 언제나 부자연스러운 것이었다. 그들에게 친숙한 것은 오로지 도시풍의 시문학이었으며, 유일하게 풍자시로 그들은 예술의 영역을 풍요롭게 만들었다. 풍자시는 모든 대가들에게서 제각기 새로운 형태를 취했다. 로마적 사교성과 로마적 위트라는 오래되고 위대한 양식이 때로는 아르킬로코스와 고대 그리스 구희극의 고전적 대담함을 제 것으로 삼았으며, 때로는 즉흥시인의 태평스러운 가벼움으로부터 흠잡을 데 없는 그리스인의 가장 고결한 우아함을 만들어냈으며, 때로는 스토아적 정신으로 상당히 장려한 문체를 구사하며 이 나라의 오래되고 위대한 양식으로 회귀했으며, 때로는 증오의 열광에 내맡겨지기도 했던 것이다. 카툴루스[29]나 마르티알리스[30]에게서, 아니면 개별적이고 흩어져 있는 상태로 영원한 로마의 도시풍의 명맥을 유지하고 있는 어떤 것이 풍자시를 통해 새로운 광채 속에서 나타난다. 풍자시는 우리에게 로마 정신의 산물에 대한 로마적 관점을 제공한다.

---

29 카툴루스(Gaius Valerius Catullus). 기원전 1세기에 활동한 고대 로마의 서정시인.
30 마르티알리스(Marcus Valerius Martialis). 1세기에 활동한 고대 로마의 시인으로 풍자적 격언시로 유명하다.

시문학의 위력이 커졌던 것만큼이나 빠르게 소멸되어간 후, 인간의 정신은 다른 방향을 향했다. 예술은 이전 세계와 새로운 세계가 격돌하는 가운데 사라졌으며, 위대한 시인 한 명이 다시 서양에 등장할 때까지 천 년 이상이 흘렀다. 연설의 재능을 가졌던 자는, 로마인의 경우 재판과 관련된 일에 종사했으며, 그리스인이라면 온갖 종류의 철학에 관한 대중 강연을 했다. 사람들은 모든 종류의 오래되고 귀중한 것들을 보존하고 수집하고 뒤섞고 축약하고 망쳐놓는 것으로 만족했다. 그리고 문화의 다른 영역에서와 마찬가지로 시문학에서도 독창성의 흔적은 아주 드물게만, 그것도 산발적으로 나타나고 강조되지도 않았다. 그토록 오랜 시간 동안 그 어디에서도 예술가 한 명, 고전 작품 하나 찾아볼 수 없다. 이와 달리 종교에서는 착상과 열광이 그만큼 더 활기가 넘쳤다. 새로운 종교의 창시, 옛 종교의 재정비를 위한 시도, 신비주의 철학에서 우리는 그 시대의 활력을 찾아내야 한다. 그 시대는 이러한 측면에서는 위대했던 것이다. [서양] 문화의 중간 세계이자 사물들을 새로운 질서로 이끄는 비옥한 카오스, 이것이 진정한 중세의 모습이다.

게르만족과 함께 새로운 영웅서사시라는 순수한 샘물이 바위에서 솟아나와 유럽 전역에 흘러들어갔다. 그리고 고트족 시문학이 지닌 거친 활력이 아랍인들의 영향을 통해 오리엔트의 매혹적인 동화에서 울려나오는 메아리와 만나게 되었을 때, 남쪽으로 지중해를 맞대고 있는 해안가에서는 사랑스러운 노래들과 신기한 이야기들을 지어내는 자들로 이루어진 유쾌한 직업[31]이

꽃을 피웠다. 그리고 라틴어로 쓰여진 성인전聖人傳과 더불어 사랑과 전쟁을 노래하는 세속적 로만체Romanze[32]도 이런저런 형태로 널리 퍼지게 되었다.

그동안 가톨릭의 성직계급 조직은 성장했으며, 법률과 신학은 상당 부분 고대로 되돌아가는 길로 들어섰다. 종교와 시문학을 결합하면서 이 길에 들어선 인물이 바로 근대 시문학의 거룩한 창시자이자 아버지인 위대한 단테다. 이탈리아의 선조들로부터 단테는 새로운 민중 방언에 담긴 가장 고유하고 특별한 것, 가장 성스러운 것, 가장 감미로운 것을 고전적 위엄과 활력으로 응축시키는 법을 습득하여 프로방스 지방 시문학의 압운법押韻法을 고상하게 만들었다. [그리스어를 몰라서 시문학의] 근원으로까지 올라갈 수 없었던 단테는 로마인들을 통해서 잘 짜인 구조를 갖춘 어떤 위대한 작품에 대한 대략적인 생각을 간접적으로나마 자극받을 수 있었다. 그가 힘있게 그 생각을 붙잡았으니, 하나의 중심으로 창의적 정신의 힘이 집결했으며, 한 편의 거대한 시[33]에서 그는 자신의 나라와 시대, 교회와 제국, 지혜와 계시, 자연과 신의 왕국을 강한 두 팔로 모두 에워쌌다. 그가 보았던 가장 고상한 것과 가장 수치스러운 것, 그가 생각해낼 수 있었던 가장 위대한 것과 가장 기이한 것을 선별했으며, 저 자신과 친구들

31 12~13세기에 프랑스 남부에서 활동한 음유시인 '트루바두르(troubadour)'를 의미한다.
32 14세기 스페인에서 유행한 민요조의 설화시로 주로 기사의 영웅담, 사랑, 연애를 노래했다.
33 단테(Dante Alighieri, 1265~1321)의 서사시 『신곡Divina Commedia』을 가리킨다. 이 작품은 라틴어가 아닌 토스카나 지방의 민중어로 쓰였다.

을 가장 솔직하게 묘사했으며, 연인[베아트리체]을 가장 영광스럽게 찬미했다. 모든 것이, 보이는 것에서는 사실에 충실하고 진실하며 보이지 않는 것에 대한 비밀스러운 의미와 관련성으로 가득차 있다.

페트라르카[34]는 칸초네[35]와 소네트에 완성도와 아름다움을 불어넣었다. 그의 노래들은 그의 삶의 정신이다. 하나의 숨결이 혼을 불어넣어 이 노래들을 나눌 수 없는 하나의 작품으로 만든다. 지상에서는 영원한 로마가, 천상에서는 마돈나가 그의 마음속에 있는 유일한 여인 라우라Laura의 반영反影으로서 시 전체의 정신적 통일성을 감각적으로 구체화하여 아름답고 자유롭게 담아내고 있다. 그의 감정이 이를테면 사랑의 언어를 만들어낸 것인데, 이는 수백 년이 지났어도 여전히 고귀한 모든 이들에게 높이 평가되고 있다. 이와 마찬가지로 보카치오[36]의 명석함은 독특하면서 대개 진실하고, 매우 철저하게 다듬어 만들어진 이야기들의 고갈되지 않는 원천을 각 나라의 시인들을 위해 확립했으며, 역동적 표현과 훌륭한 복합문 구조를 통해 대화체의 이야기 언어를 소설의 산문을 위한 견고한 토대로 격상시켰다. 사랑에

---

34 페트라르카(Francesco Petrarca, 1304~1374). 이탈리아 시인이자 인문주의자. 『시집 *Canzoniere*』에는 연인 라우라에 대한 사랑과 그녀의 죽음에 대한 비탄을 담은 칸초네와 소네트 등이 담겨 있다.
35 음유시인 트루바두르들의 세속적 노래가 이탈리아로 흘러들어와 '칸초네(canzone)'라는 시 형식으로 정착했다.
36 보카치오(Giovanni Boccaccio, 1313~1375). 단테와 페트라르카와 함께 이탈리아 인문주의의 대표적 작가이자 시인. 100편의 노벨레로 구성된 『데카메론』(1349~1353)으로 유럽의 산문 문학에 커다란 영향을 미쳤다.

있어서 페트라르카의 순결함이 엄격한 것만큼이나, 한 여인을 신격화하기보다는 모든 매력적인 여인들을 위로하기를 선택했던 보카치오의 역량은 현실적이다. 쾌활한 우아함과 사교적 농담을 통해 페트라르카 이후 칸초네에 신선함을 불어넣은 보카치오는, 저 위대한 단테에 누가 필적할 수 있는지를 놓고 본다면, 『사랑의 환영L'amorosa visione』과 테르치네Terzine[37]를 통해 페트라르카보다 더욱 성공한 경우였다.

이 세 사람이 근대 문학의 오래된 양식의 중추적 인물들이다. 감식안이 있는 전문가라면 그들의 진가를 인정해야겠지만, 애호가의 느낌에는 그들에게 있는 바로 가장 좋은 것이자 고유한 것이 어렵거나 오히려 낯설게 남아 있을 것이다.

이러한 원천들에서 발원되었기에 운좋게도 이탈리아인들의 나라에서는 시문학의 흐름이 다시는 고갈되지 않았다. 이 창시자들은 어떠한 학파도 남기지 않고 다만 모방자들만을 남겼다. 그 대신 이미 일찍부터 어떤 새로운 부류가 생겨났다. 사람들은 이제 다시 예술이 되어버린 시문학의 형식과 구성을 기사문학의 모험적 소재에 적용했고, 그렇게 하여 이탈리아인들의 로만초Romanzo가 생겨났는데, 본래는 사교적 모임에서의 낭독을 위한 것이었다. 그리고 [중세의] 오래된 기적 이야기들은 사교적 위트와 지적인 향신료가 가미되어 노골적이거나 미묘하게 그로테스크로 변모하고 있었다. 하지만 이러한 그로테스크는 아리오스

---

37 3행이 하나의 연을 이루는 이탈리아 시 형식. 보카치오는 『사랑의 향연』(1342~1344)을 단테의 『신곡』처럼 테르치네로 썼다.

토[38]에서조차도 단지 개별적으로 발견될 뿐이지 전체적으로는 찾아볼 수 없으며, 그의 작품 전체는 그로테스크라는 명칭을 얻을 만하지 않다. 아리오스토는 보이아르도[39]처럼 로만초를 [산문 형식의 짧은 이야기인] 노벨레Novelle와, 그리고 자신의 시대정신에 따라 고대에서 유래한 아름다운 꽃으로 장식했으며, [8행시연] 스탄체Stanze 형식에서는 고귀한 우아함의 경지에 올랐다. 이러한 탁월함과 그의 명석한 지성으로 말미암아 아리오스토는 그의 선임자[보이아르도]를 능가한다. 투명한 이미지들의 충만함, 익살과 진지함의 절묘한 혼합이 그를 가벼운 이야기와 감각적인 상상력의 대가이자 모범으로 만든다. 이탈리아의 모든 예술작품들 가운데 하나의 위대한 예술작품이며, 그것의 알레고리적 의미로 인해 지식인들에게 특별하다고 생각되었던 로만초를 위엄 있는 주제와 고전적 언어를 통해 고대 서사시에 필적할 만한 지위로 고양시키려는 시도는 자주 반복되었지만, 그럼에도 과녁을 맞히지 못했던 시도에 그치고 말았다. 완전히 새로운 다른 방식으로, 하지만 단 한 번만 적용되었던 방식으로 과리니[40]는, 앞서 언급한 대가들 이후 이탈리아인들의 가장 위대한, 심지어

---

38 아리오스토(Lodovico Ariosto, 1474~1533). 이탈리아의 시인이자 극작가. 운문서사시 『광란의 오를란도Orlando furioso』(1516~1532)는 이탈리아 문학의 가장 중요한 작품 중 하나이며 유럽 전역에서 인기가 있었다.

39 보이아르도(Matteo Maria Boiardo, 1441~1494). 이탈리아의 시인. 중세 기사문학의 소재를 다룬 『사랑의 오를란도Orlando innamorato』(1476~1483)가 대표작이며, 아리오스토의 『광란의 오를란도』는 이 이야기의 후속편이다.

40 과리니(Giovanni Battista Guarini, 1538~1612). 이탈리아의 시인. 『충실한 양치기』(1570)는 목가적 희비극이다.

유일한 예술작품이라고 할 수 있는 『충실한 양치기*Il pastor Fido*』에서 낭만적 정신과 고전적 형식을 가장 아름답게 조화시켜 융합시키는 데 성공했으며, 이를 통해 그는 소네트에도 새로운 활력과 매력을 불어넣었다.

이탈리아인들의 시문학과 가장 가깝게 친숙했던 스페인인들의 예술사와, 서너 단계를 거쳐 자신들에게 전해졌던 낭만적인 것을 그 당시 매우 적극적으로 수용했던 영국인들의 예술사는 세르반테스와 셰익스피어라는 두 사람의 시문학에 관한 역사로 압축된다. 이 두 사람은 너무나 위대하여 이들과 비교하면 그 밖의 모든 것은 단지 준비하고 해명하고 보충하는 주변적인 것으로 보인다. 그들 작품의 풍성함과 그들이 지닌 헤아릴 길 없는 정신의 발전 단계만으로도 한 편의 독자적인 이야기를 위한 소재가 될 것이다. 우리는 다만 작품 전체가 어떤 특정 부분들로 나뉘는지, 혹은 어디에서 적어도 몇몇 확실한 요점들과 그 방향성을 살펴볼 수 있는지 그 이야기의 실마리만을 암시하고자 한다.

세르반테스는 자신이 더이상 휘두를 수 없었던 단검 대신 제일 먼저 펜을 잡았을 때[41] 『라 갈라테아*La Galatea*』를 썼는데, 이 소설은 환상과 사랑이 어우러진 영원한 음악으로 만들어낸 놀랄 만큼 위대한 악곡이자 모든 소설 중에서 가장 섬세하고 사랑스러운 소설이다. 그 밖에도 그는 고대의 비극 무대에 필적할 만

---

41 세르반테스(Miguel de Cervantes, 1547~1616)는 1571년 레판토해전에 참전했다가 총상을 입어 왼손을 못 쓰게 되었다.

한 신성한 『누만시아Numancia』처럼 연극 무대를 장악했던 많은 작품들을 썼다. 이때가 그의 시문학의 첫번째 위대한 시기였다. 그 특징은 고귀한 아름다움이었고, 진지하지만 사랑스러웠다.

　그의 두번째 양식의 대표작은 『돈 키호테Don Quijote』의 1부다. 여기서는 환상적인 위트와 호사스러울 정도로 가득찬 과감한 발상이 압도적이다. 아마도 같은 시기에, 마찬가지의 명민함을 발휘하여 그는 노벨레 작품도 많이 썼는데, 특히 희극적 노벨레를 썼다. 그는 생애 마지막 시기에 드라마에서 당시 유행하고 있는 취향을 그대로 따라갔는데, 이러한 이유로 드라마를 너무 등한시했다. 『돈 키호테』의 2부에서도 그는 세간의 평판에 신경을 썼다. 하지만 스스로 만족하는 것과, 그리고 1부의 도처에 덧붙여 만든 부분들, 즉 두 부분으로 나뉘어 있으면서도 서로 결합되어 있어서 흡사 자기 자신으로 되돌아가는 듯한 이 작품의 2부를 헤아릴 수 없는 명석함으로 가장 심오하게 만들어내는 것은 전적으로 그의 재량에 달린 일이었다. 세르반테스는 신중한 기교를 선보이며 훌륭한 소설 『페르실레스Persiles』[42]를 헬리오도로스의 소설[43]에 관한 자신의 견해에 따라 진지하고 음울한 작풍으로 썼다. 그 밖에 그는 짐작하건대 기사소설과 드라마적 소설 장르의 작품도 써보려 했고, 『라 갈라테아』의 2부도 완성할 계획이

42　원제는 『페르실레스와 시히스문다의 고난Los trabajos de Persiles y Sigismunda』이며, 세르반테스가 죽기 사흘 전에 완성하여 사후 1617년 출간되었다.

43　3세기에 활동한 것으로 추정되는 에메사(Emesa) 출신의 고대 그리스의 작가 헬리오도로스(Heliodoros)는 10권으로 된 소설 『에티오피아 이야기Aithiopika』를 썼다.

었지만 죽음으로 인해 이루지 못했다.

세르반테스 이전의 스페인 산문은 기사소설에서는 아름다운 문체로 고풍스러웠으며, 전원소설에서는 생기발랄했다. 그리고 낭만적 드라마에서는 일상적인 언어로 꾸밈없는 삶을 예리하고 정확하게 모방했다. 음악이나 재치 있는 장난으로 가득찬 감미로운 노래에 적합한 가장 사랑스러운 형식, 그리고 우아하고 소박하게 고상하면서도 감동적인 옛 이야기들을 진지하고 충실하게 이야기하기 위해 만들어진 로만체는 옛날부터 이 나라에 익숙한 것이었다. 셰익스피어에게는 이미 마련되어 있었던 것이 미흡했는데, 그것도 거의 전적으로 영국의 연극 무대가 갖춘 다채로운 다양성 덕분이었다. 때로는 학자들이, 때로는 연극배우들이나 상류층, 궁중의 익살광대들이 연극 무대를 위해서 일했는데, 여기서는 연극 초창기부터 생겨난 [중세의] 신비극과 고대 영국의 익살극이 다른 나라의 노벨레나 영국 민족의 역사 및 다른 주제들과 번갈아가며 모든 양식과 모든 형식으로 상연되었지만, 우리가 예술이라고 부를 만한 것은 아무것도 없었다. 그럼에도 [연극의] 효과와 심지어 철저함에 있어서 다행스러웠던 상황은, 외적으로 드러나는 연출의 화려함이라곤 전혀 도모하지 않았던 무대를 위해 이미 일찍부터 연극배우들이 일했다는 것과 역사극에서 소재의 단조로움이 시인과 관객의 주의를 형식으로 돌리게 할 수밖에 없었다는 점이다.

셰익스피어의 초기 작품들[44]은 이탈리아 회화의 선구적 작품들을 숭배하는 전문가의 안목으로 살펴봐야 한다. 이 작품들은 관점이나 여타 완성도는 없지만, 철두철미하고 탁월하며 분별력으로 가득차 있다. 그 작품들이 속한 장르에서 이것들을 능가하는 것은 오직 이 대가 자신의 가장 훌륭한 양식에서 나온 작품들뿐이다. 여기에 우리는 최고의 비극 무대가 부자연스럽게도[45] 고대 영국의 거친 익살과 과장되게 결합되어 있는『로크리누스*Locrine*』[46]와 숭고한『페리클레스*Pericles*』[47]를 포함시킨다. 그리고 수준 낮은 비평가들의 몰상식으로 인해 그 유일무이한 대가가 쓴 것이 아니라고 전례없이 부정당했거나 그들의 우둔함 탓으로 인정받지 못했던 다른 예술작품들도 여기에 속한다. 우리는 이러한 작품들이 [운문서사시]『비너스와 아도니스*Venus and Adonis*』와『소네트집*Sonnets*』보다 앞선 것으로 추정한다. 왜냐하면 거기에는 이 감미롭고 사랑스러운 형식에 대한 어떠한 흔적도 없으며, 이 시인의 모든 후기 드라마에서 어느 정도 표현된, 특히 최고 전성기의 드라마에서 가장 많이 발산되고 있는 아름다운 정신의 흔적이 전혀 없기 때문이다. 셰익스피어의 자기 묘사

44 [원주] 셰익스피어의 소위 위작(僞作)들과 그 진위성의 증거들에 관해서 우리는 이 시인의 친구들에게 티크(Ludwig Tieck)의 상세한 연구를 약속해도 좋을 것 같다. 티크의 해박한 지식과 독창적인 견해로 인해 필자는 처음으로 저 흥미롭고 비판적인 문제에 주의를 기울이게 되었다.

45 원문 표현을 직역하자면 "고트어 방언으로(in gotischer Mundart)"인데, 여기서 'gotisch'는 '부자연스러운(geschraubt)' '현란한(verschnörkelt)' '과도하게 장식된(übermäßig verziert)'과 같은 의미로 사용되었다.

46 원제는『로크린의 통탄에 젖은 비극*The Lamentable Tragedie of Locrine*』. 1595년 출간된 이 드라마는 1664년에 간행된 셰익스피어 세번째 전집에 수록되어 있지만 위작에 속한다.

47 원제는『타이어의 왕자 페리클레스*Pericles, Prince of Tyre*』. 1608년 초연된 것으로 추정되는 이 드라마를 둘러싸고 위작 논쟁이 있었다.

에 따르면 사랑, 우정 그리고 고귀한 교제가 그의 정신에 아름다운 혁명을 일으켰다고 한다. 즉 상류층이 선호했던 스펜서[48]의 감미로운 시들을 알게 된 것이 셰익스피어가 새롭게 낭만적으로 도약하는 데 자양분을 주었으며, 그로 인해 셰익스피어는 노벨레를 읽게 되었다는 것이다. 셰익스피어는 예전보다 더 많이 이 노벨레들을 무척이나 심오한 통찰력으로 무대 공연을 위해 변형시키고 새로 구성하여 환상적이고 매력적인 방식으로 드라마로 만들었다. 이러한 형성 과정은 이제 역사극들로도 되흘러들어가 풍성함과 우아함과 위트를 한층 더 선사했으며 모든 드라마 작품에 낭만적 정신을 불어넣었다. 이 낭만적 정신이야말로 셰익스피어의 드라마를 심오한 철두철미함과 결부시켜 가장 적확하게 특징짓는 것이며, 그의 드라마를 영원히 지속되기에 충분한, 근대 드라마의 낭만적 토대로 만드는 것이다.

가장 먼저 드라마로 만들어진 노벨레들 중에서 『로미오와 줄리엣』과 『사랑의 헛수고』만을 언급해보자. 이 작품들은 그의 청년 시절의 상상력이 가장 밝게 빛나는 지점으로서 『비너스와 아도니스』와 『소네트집』에 가장 인접해 있다. 『헨리 6세』 3부작과 『리처드 3세』에서 우리는 아직 낭만화되지 않은 보다 낡은 양식에서 위대한 양식으로의 지속적인 이행이 이루어지고 있는 것을 본다. 셰익스피어는 이 부류에 『리처드 2세』부터 『헨리 5세』까지의 역사극들을 추가했다. 그리고 『헨리 5세』야말로 그의 필력이

---

48 에드먼드 스펜서(Edmund Spenser, 약 1522~1599). 영국 엘리자베스 시대의 시인으로 주로 목가적이고 전원적인 서정시를 남겼다.

정점에 달한 작품이다. 『맥베스』와 『리어왕』에서 우리는 남성적 성숙함의 도달 지점을 보며, 『햄릿』은 노벨레에서 이 비극 작품들로 넘어가는 이행 과정에서 해명되지 않은 채 부유하고 있다. 마지막 시기에 대해서는 『템페스트』와 『오셀로』, 그리고 로마 시대를 다룬 희곡들을 언급할 수 있는데, 여기에는 헤아릴 수 없이 많은 통찰력이 깃들어 있지만 이미 노년의 서늘함 같은 것이 엿보인다.

이 위대한 이들의 죽음 이후[49] 아름다운 상상력은 그들의 나라에서 사그라들었다. 참으로 이상하게도, 그때까지 조야한 상태에 머물러 있었던 철학이 이제 예술로 형성되었고, 뛰어난 인물들의 열광을 불러일으키며 이 열광을 다시 완전히 독차지했다. 이와 달리 시문학에서는 로페 데 베가[50]로부터 고치[51]에 이르기까지 주목할 만한 대가들이 꽤 있었지만 시인은 한 명도 없었다. 그리고 그 대가들도 연극 무대를 위한 작품만 썼다.[52] 게다가 수많은 잘못된 경향들이 학술적이거나 대중적인 장르와 형식들 모두에서 점점 늘어만 갔다. 프랑스에서는 피상적인 추상화와 합

---

49 세르반테스와 셰익스피어는 모두 1616년에 사망했다.

50 로페 데 베가(Lope de Vega, 1562~1635). 스페인의 소위 황금시대(Siglo de Oro)의 대표적인 극작가, 시인, 소설가.

51 카를로 고치(Carlo Gozzi, 1720~1806). 이탈리아 베네치아의 희극작가, 코메디아 델 라르테(Commedia dell'arte)의 옹호자.

52 『전집』(1823)에 실린 이 글의 두번째 판본에서 프리드리히 슐레겔은 스페인의 시인이자 극작가 칼데론(Pedro Calderón, 1600~1681)을 언급하면서 이 문장에 이어 다음과 같은 내용을 추가한다. "유일하게 빛나는 예외가 있다면 스페인의 셰익스피어인 칼데론이다. 참된 예술가이자 위대한 시인으로서 그는 환상의 심오함과 명확한 형식을 통해 스페인 연극의 카오스적인 풍요로움 가운데 완성도에 있어서 완전히 독보적이며 특이하다."

리화, 고대에 관한 잘못된 이해와 평범한 재능으로부터 잘못된 시문학에 관한 하나의 포괄적이고 일관성 있는 체계가 탄생했는데,[53] 이 체계는 마찬가지로 잘못된 시문학 이론에 기초한 것이었다. 그리고 여기서부터 소위 좋은 취향Geschmack이라는 이 나약한 정신적 질병이 거의 모든 유럽 국가들로 퍼져나갔다. 프랑스인들과 영국인들은 이제 나름의 상이한 황금시대를 구축했으며, 문필가들 가운데 명예의 판테온에서 국가의 대표자로 존경받을 만한 일련의 고전 작가들을 세심하게 선별했다. 이들은 모두 시문학의 역사에서 전혀 언급될 만한 가치가 없다.

그렇지만 그동안 여기서도 고대와 자연으로 돌아가야 한다고 주장하는 하나의 전통은 적어도 유지되었다. 그리고 이러한 불꽃은 독일인들이 애써 자신들의 모범들에서 차츰 벗어나고 난 후에 이들에게서 점화되었다. 빙켈만[54]은 고대를 하나의 전체로서 고찰할 것을 가르쳤고, 예술의 발생사를 통해 예술을 어떻게 정립해야 하는가에 대한 최초의 사례를 제시했다. 괴테의 보편성은 거의 모든 나라와 시대의 시문학이 부드럽게 반영된 것으로서, 무궁무진하게 유익한 일련의 작품, 구상, 스케치, 단편, 그리고 모든 장르와 매우 다양한 형식 들에 있어서의 습작품들이 있다. 철학은 과감하게 몇 걸음을 내디딤으로써 자기 자신과 인간의 정신을 이해하기에 이르렀다. 철학은 인간 정신의 깊은 곳에

---

53 코르네유, 몰리에르, 라신 등으로 대표되는 프랑스의 고전주의적 경향을 의미한다.
54 요한 요아힘 빙켈만(Johann Jochaim Winckelmann, 1717~1768). 독일 고고학자이자 예술사가이며, 『그리스 예술 모방론』(1755), 『고대 미술사』(1764)를 통해 독일 고전주의 미학을 정립했다.

서 상상력의 원천과 아름다움의 이상을 발견하여 시문학을 분명히 인정하지 않을 수 없게 되었는데, 시문학의 본질과 현존을 철학은 지금까지는 예감조차 하지 못했던 것이다. 인간의 최고 능력으로서 철학과 시문학은 [고대 그리스] 아테네에서조차 가장 전성기에도 각자 개별적으로만 영향력을 미쳤는데, 이제는 끊임없이 상호작용하는 가운데 서로를 자극하고 형성시키기 위해 밀접한 관련을 맺게 된다. [고대] 시인들을 번역하고 그들의 운율을 모방하는 것이 예술이 되었고, 비평은 오래된 오류들을 폐기하고 고대에 관한 지식에 새로운 전망들을 열어주는 학문이 되었다. 이러한 전망들의 배경에서 하나의 완성된 시문학의 역사가 모습을 드러낸다.

독일인들에게 요구되는 것은 다름아닌 이러한 수단들을 계속해서 사용하는 것, 괴테가 세워놓은 모범을 따라 예술의 형식들을 새로이 생기 있게 만들거나 결합시킬 수 있도록 이를 언제나 근원까지 탐구하는 것, 그리고 자신의 언어와 시문학의 원천들로 거슬러올라가는 것, 그리하여 [중세 영웅서사시]『니벨룽겐의 노래*Das Nibelungenlied*』에서부터 플레밍[55]과 베컬린[56]에 이르기까지 독일 민족의 오랜 옛날의 문헌에서 아직 진가를 인정받지 못한 채 잠들어 있는 그 오래된 힘을, 그 고귀한 정신을 다시 자유롭게 만드는 것이다. 그렇게 되면 근대의 어느 나라에서보다 더

---

55 파울 플레밍(Paul Fleming, 1609~1640). 독일의 의사이자 바로크 서정시인.

56 게오르크 베컬린(Georg Rodolf Weckherlin, 1584~1653). 독일의 초기 바로크 궁정 서정시인.

독창적이고 탁월하게 만들어져서 처음에는 영웅들의 전설이었고, 그다음에는 기사들의 유희였고 그리고 마침내 시민들의 직업이었던 [독일의] 시문학이, 이제는 바로 이 나라에서 진정한 학자들의 근본적인 학문과 독창성이 풍부한 시인들의 유용한 예술이 될 것이며 그렇게 계속 남아 있을 것이다.

카밀라 그대는 프랑스인들은 거의 언급하지 않았군요.

안드레아 특별한 의도가 있어서 그런 것은 아닙니다. 그럴 이유를 찾지 못했을 뿐이죠.

안토니오 그 위대한 나라를 예로 들어 시문학 없이도 위대한 나라일 수 있다는 것은 적어도 보여줄 수 있었을 텐데요.

카밀라 그리고 시문학 없이 사는 것도 제시할 수 있었을 겁니다.

루도비코 안드레아가 이러한 술책을 써서 우회적인 방식으로 잘못된 시문학의 이론에 관한 나의 논쟁적인 글을 앗아가려 했던 거군요.

안드레아 그것은 그대에게만 문제가 되겠지요. 이렇게 나는 그대가 하려는 것을 그저 슬며시 알린 것뿐입니다.

로타리오 그대는 시문학에서 철학으로, 철학에서 시문학으로의 이행을 언급할 때 시인으로서의 플라톤을 언급했는데, 이 점에 대해서는 뮤즈께서 보답해주실 겁니다. 나는 나중에는 타키투스[57]의 이름 또한 듣게 되지 않을까 귀를 기울였습니다. 우리가 고대의 위대한 역사서에서 발견하는 이러한 잘 다듬

어진 완성도를 지닌 문체와 충실하고 명확한 서술은 시인에게
모범이 되어야 할 것입니다. 나는 이러한 훌륭한 서술 방식이
여전히 유용할 수 있다고 확신합니다.

마르쿠스 그런데 아마도 완전히 새로운 방식으로 적용되어야
하겠지요.

아말리아 이렇게 계속되면, 머지않아 하나하나 차례대로 시문
학으로 변하게 될 텐데요. 그렇다면 모든 것이 시문학이란 말
인가요?

로타리오 말을 통해 작용하는 모든 예술과 모든 학문은, 그것
이 예술로서 그 자신을 위해 행해진다면, 그리고 최고의 정점
에 오르게 된다면 시문학으로 나타납니다.

루도비코 그리고 언어의 말로써 자신의 본질을 드러내지 못하
는 예술이라 하더라도 어떤 보이지 않는 정신을 갖고 있지요.
그것이 포에지입니다.

마르쿠스 나는 많은 점에서, 아니 거의 대부분에서 그대의 의
견에 동의합니다. 다만 그대가 시문학 장르를 더 많이 고려했
다면 좋았을 것 같습니다. 혹은 좀더 잘 표현하자면, 시문학
장르에 관한 보다 명확한 이론이 그대의 설명에서 나왔으면
했습니다.

안드레아 나는 이 글을 완전히 [시문학] 역사의 경계 내에서

---

57 타키투스(Publius Cornelius Tacitus, 55~117). 로마의 역사가이자 정치가. 주요 역사
서로는 『연대기』와 『역사』가 있으며, 특히 게르만족의 문화와 지리를 다룬 『게르마
니아』가 있다.

다루려고 했습니다.

루도비코 그렇지만 그대는 철학과도 관련시킬 수 있었을 텐데요. 적어도 나는 아직 어떠한 분류 체계에서도 그대가 서사시 장르와 서정시 장르를 대립시킨 것만큼 그렇게 시문학의 근원적인 대립을 접한 적이 없었습니다.

안드레아 하지만 그런 대립도 단지 역사적인 것일 뿐이지요.

로타리오 시문학이 만약 그 축복받은 나라에서처럼 그렇게 훌륭한 방식으로 탄생한다면, 이중의 방식으로 나타나는 것은 자연스러운 일입니다. 시문학은 자신으로부터 하나의 세계를 형성하든가, 아니면 외부세계와 관계를 맺게 되는데, 후자의 경우는 처음에는 이상화를 통해서가 아니라 적대적이고 거친 방식으로 일어나겠지요. 이렇게 나는 서사시 장르와 서정시 장르를 설명하겠습니다.

아말리아 나는 환상과 그것의 산물들이 제목별로 분류되어 있는 책을 펼쳐볼 때마다 항상 진저리가 납니다.

마르쿠스 어느 누구도 그대에게 그런 혐오스러운 책들을 읽으라고 요구하지는 않을 겁니다. 그렇지만 우리에게 결여되어 있는 것은 바로 시문학 장르의 이론입니다. 그런데 그것은 일종의 분류가 아니고 대체 무엇일 수 있겠습니까? 그 분류가 시문학의 역사이자 동시에 이론일 텐데요.

루도비코 그러한 분류가 우리에게 설명해주는 것은, 어떻게 그리고 어떤 방식으로 모든 시인들 중의 시인, 즉 [시인의] 전형이라는 어느 가상의 시인의 상상력이 상상력 자체를 통한 활동에 힘입어 불가피하게 제한되고 갈라질 수밖에 없는가 하는 점일 것입니다.

아말리아 그렇지만 어떻게 이러한 인위적인 특성이 시문학에 기여할 수 있지요?

로타리오 아말리아, 지금까지 이야기한 바로는, 그대가 사실 그 같은 인위적인 특성에 관해 우리에게 불평할 이유가 별로 없습니다. 만약 시문학이 정말로 인위적 존재가 되어야만 한다면, 완전히 다른 문제가 등장할 수밖에 없지요.

마르쿠스 분리 없이는 어떠한 형성Bildung도 일어나지 않습니다. 그리고 형성이야말로 예술의 본질이지요. 그러니 그대는 저 분류들을 적어도 수단으로는 인정해야 할 것입니다.

아말리아 이러한 수단들은 종종 목적을 자처하고, 그리고 목적에 도달하기 전에 지고至高의 것에 대한 의미를 너무나도 빈번히 없애버리는 위험한 우회로로 늘상 남아있기 마련입니다.

루도비코 진정한 의미는 결코 파괴될 수 없지요.

아말리아 그렇다면 어떤 목적을 위한 어떤 수단인가요? 목적이란 즉시라도 도달할 수 있거나 아니면 결코 도달할 수 없는 것이지요. 모든 자유로운 정신은 직접적으로 이상을 포착해야 하고, 자신의 내면에서 찾고자 하기만 하면 거기에서 발견할 수밖에 없는 조화에 헌신해야 합니다.

루도비코 내적 표상은 오직 외부를 향한 표현을 통해서만 자기 자신에게 더 분명해지고 완전히 생생해질 수 있습니다.

마르쿠스 표현이야말로 예술의 과업이지요. 사람들마다 어떤 입장을 취하든지 말이에요.

안토니오 그러니 이제 시문학도 예술로 다루어야 합니다. 시문학을 비판적 역사의 관점에서 그렇게 검토하는 것은 별로 소용이 없을 수 있습니다. 만약 시인 스스로가 분명한 목적을 위한 확실한 도구를 가지고 어떤 식으로든 처리하는 데 예술가와 대가가 아니라면 말이지요.

마르쿠스 어떻게 시인이 예술가나 대가가 아닐 수 있겠습니까? 당연히 그래야 하고 또 그렇게 될 것입니다. 가장 본질적인 것은 분명한 목적들과 분리인데, 예술작품은 이를 통해서만 형태를 유지하고 자기 자신 속에서 완성됩니다. 시인의 상상력이 혼란스러운 시문학 일반Überhauptpoesie으로 흘러들어 갈 것이 아니라, 모든 작품이 저마다 형식과 장르에 따라 아주 구체적인 특징을 가져야 하는 것이지요.

안토니오 그대는 또다시 시문학 장르의 이론을 겨냥하고 있군요. 그 문제만이라도 분명히 했으면 좋겠습니다.

로타리오 우리 친구[마르쿠스]가 계속해서 그렇게 자꾸 그 문제로 되돌아간다고 해서 책망할 일은 아닙니다. 시문학 장르의 이론은 시문학의 고유한 예술론이 될 테니까요. 나는 종종 개별적인 경우에서 내가 일반적으로 이미 알고 있었던 것을 확인했던 적이 있습니다. 운율의 원칙과 운을 맞춘 음절률Silbenmaß의 원칙마저도 음악적이라는 것을 말입니다. 성격, 상황, 열정의 묘사에서 본질적이고 핵심적인 것, 즉 정신은 조형예술과 시각예술에 고유한 것이라고 할 수 있습니다. 어법 자체도, 그것이 비록 시문학의 고유한 본질과 이미 더 직접적으로 관련되어 있다 할지라도, 수사학과 아울러 시문학에 공통적이니까요. 시문학 장르들이란 원래 시문학 자체인 것이지요.

마르쿠스 시문학 장르들에 관한 명료한 이론과 더불어 아직 해야 할 것이 많이, 아니 사실상 모든 것이 남아 있다고 해야겠지요. 시문학은 예술이며 또한 예술이 되어야 한다는 것에 관한, 그리고 이것이 어떻게 이루어져야 하는지에 관한 학설과 이론이 없지는 않습니다. 그런데 시문학이 이렇게 해서 정말 예술이 되겠습니까? 그것은 실천적인 방법을 통해서만 가능할 것 같습니다. 여러 시인들이 일치하여 하나의 시문학 학파를 창립하고, 다른 예술 분야에서처럼 대가가 제자를 진심으로 책망하고 이롭게 닦달하면서도 얼굴에 땀이 날 정도로 애써서 제자에게 확고한 토대를 유산으로 남긴다면, 이제 계승자는 처음부터 유리한 위치에서 이 토대 위로 점점 더 웅장하고 과감하게 계속해서 쌓아올릴 테고, 마침내 가장 당당한 높이에서 자유롭고 가볍게 움직일 수 있을 테니까요.

안드레아 시문학의 왕국은 보이지 않습니다. 여러분이 외적인 형식에만 치중하지 않는다면, 시문학의 역사에서 다른 어떤 예술에서보다 위대한 시문학 학파를 발견할 수 있을 겁니다. 모든 시대와 나라의 대가들은 우리를 위해 기반을 다져놓았고, 우리를 위해 엄청난 자산을 남겨놓았지요. 이를 간략하게나마 보여주는 것이 내 강의의 목적이었습니다.

안토니오 아마 의식하거나 의도한 것은 아니겠지만, 어떤 대가가 계승자들을 위해 엄청난 일을 마련해놓은 사례들이 우리 가운데나 아주 가까이에서도 없지는 않지요. 포스[58] 자신의 시들은 오래전에 그 중요성을 상실했다 하더라도, 형언할 수 없는 활력과 끈기로 새로운 영역을 개척했던 번역자와 언어예술가로서의 그의 업적은, 후세대가 내놓은 더 나은 작업들이 앞서 나온 그의 작업들을 더 많이 능가하면 할수록 그만큼 더 빛이 날 것입니다. 왜냐하면 이 나중의 작업들은 오로지 이전의 작업들을 통해서만 가능할 수 있었다는 점을 그때에는 깨닫게 될 것이기 때문이죠.

마르쿠스 고대인들에게도 가장 엄밀한 의미에서의 시문학 학파들이 있었습니다. 그것을 부정하려는 것은 아니고, 나는 그것이 여전히 가능하다는 희망을 간직하고 있습니다. 운율학의 기술을 철저하게 가르치는 것보다 더 실행 가능하고 더 바람직한 것이 무엇이 있겠습니까? 연극에서는 시인 한 명이 전체를 이끌어서 많은 사람들이 이를 위해 하나된 정신으로 작업할 때까지는 확실히 무언가 제대로 될 수가 없습니다. 나는 단지 내 생각의 실행 가능성을 위한 몇 가지 길만을 시사하는 겁니다. 실제로 내 야심의 목적은, 그러한 학파를 통합하고 이로써 적어도 시문학의 일부 장르와 몇 가지 수단을 어떤 근

---

58 요한 하인리히 포스(Johann Heinrich Voss, 1751~1826). 독일의 시인이자 번역자. 그의 호메로스 작품 번역은 그리스어에 관한 심오한 학식과 독일어의 완벽한 구사로 지금까지도 좋은 평판을 누리고 있다.

본적인 상태로 육성하는 것입니다.

아말리아 또다시 장르와 수단만을 이야기하는 이유는 무엇인가요? 나뉠 수 없는 하나의 시문학 전체에 관해서는 이야기하지 않는 이유는 무엇이지요? 우리 친구[마르쿠스]는 오래된 나쁜 버릇을 전혀 버릴 수 없나보군요. 오직 전체만이 나누어지지 않는 힘 속에서 작용하고 충족시킬 수 있는데도, 그는 항상 구분하고 나누어야 하나봅니다. 그런데 설마 그대는 자신의 학파를 그렇게 완전히 혼자서 창설하려는 것은 아니겠지요?

카밀라 만약 혼자서만 대가가 되려 한다면, 그는 자기 자신의 제자로 남을지도 모르겠네요. 우리는 적어도 이런 방식으로는 제자가 되지는 않을 테니까요.

안토니오 물론 그렇지 않지요. 카밀라, 그대가 오직 어떤 한 사람으로부터만 가르침을 받아서는 안 될 일입니다. 우리는 기회에 따라서는 여러분 모두를 가르칠 자격이 있어야 할 겁니다. 우리는 모두 대가이자 동시에 제자가 되려 하니까요. 상황에 따라 때로는 대가가, 때로는 제자가 되는 것이지요. 그리고 나로서는 아마도 제자가 되는 경우가 가장 많을 것 같습니다. 그렇지만 나는 시문학의 그러한 예술 학파의 가능성을 엿볼 수만 있다면, 시문학에 의한, 그리고 시문학을 위한 공수攻守동맹에 들어갈 준비가 되어 있습니다.

루도비코 현실이 가장 좋은 결정을 내리겠지요.

안토니오 우선은 시문학이 도대체 가르치고 배울 수 있는 것인지, 그것이 검토되어 분명해져야 할 것 같네요.

로타리오 시문학이 인간의 위트와 인간의 예술을 통해 저 깊은 곳으로부터 밝은 곳으로 이끌려나올 수 있다는 것만은 적어도 명백해질 것입니다. 어쨌거나 기적은 남아 있으니 여러분 각자 어떤 입장을 취해도 좋습니다.

루도비코 그렇습니다. 시문학은 마법의 가장 고귀한 가지이며, 고립되어 있는 인간은 그 마법에까지 가닿을 수 없습니다. 하지만 인간의 그 어떤 충동이 정신을 통해 결합되어 작용하는 곳에서는 마법적 힘이 활기를 띠지요. 이러한 힘에 저는 기대를 걸고 있습니다. 나는 우리 친구들 한가운데서 그 정신적 숨결을 느낍니다. 나는 새로운 시문학의 새로운 서광에 대한 희망이 아니라, 이에 대한 확신 속에 살고 있습니다. 지금 시간이 괜찮다면, 나머지 내용은 여기 이 종이들에 담겨 있습니다.

안토니오 들려주시지요. 바라건대 나는 우리가 거기에서 안드레아가 발표한 '시문학의 시대들'과는 상반되는 내용을 찾을 수 있었으면 합니다. 그렇게 되면 우리는 한쪽의 견해와 설득력을 다른 쪽을 위한 지렛대로 사용할 수 있고, 그리고 두 가지 입장에 대해서 그만큼 자유롭고 신랄하게 논쟁할 수 있을 테니까요. 그리고 다시 시문학을 가르치고 배우는 것이 가능한가라는 그 중요한 문제로 되돌아올 수 있을 겁니다.

카밀라 마침내 마무리가 지어지니 좋군요. 그대들은 모든 것을 가르치려 하면서도 정작 자신들이 사용하고 있는 말투들은 전혀 다스리지 못하고 있네요. 그러니 내가 사회자가 되어 대화를 정리하는 것도 나쁘지 않을 것 같습니다.

안토니오 나중에 정리하도록 하지요. 그리고 필요한 경우 당신에게 도움을 요청하겠습니다. 지금은 루도비코의 발표를 듣죠.

루도비코 내가 여러분에게 전하려는 것은, 그리고 거론하기에는 지금이 매우 적절해 보이는 이것은, 신화에 관한 연설입니다.

○

신화에 관한 연설

　여러분들이 예술을 숭배하는 진지함에서, 친구들이여, 나는 그대들 스스로에게 자문해보기를 요청하고자 합니다. 열광의 힘이 시문학에서도 계속해서 개별적으로 분산되어야 할까요? 그리고 그 힘이 적대적 요소와 지치도록 투쟁한 후에는 결국은 고독하게 침묵에 잠겨야 하는 것일까요? 최고의 성스러운 것은 항상 이름도 형태도 없이 있어야 하며, 어둠 속에서 우연에 내맡겨져야 하는 것일까요? 사랑은 정말로 억누를 수 없을까요? 그리고 예술이 제 마법의 언어로 사랑의 정신을 옭아매어서 자신을 따르게 하고, 자신의 명령과 불가피한 자의에 따라 그 정신이 아름다운 형상들에 혼을 불어넣을 수밖에 없게 하는 위력을 갖고 있지 않다면, [예술이라는] 이름을 얻을 만한 예술이 과연 있을까요?

여러분은 그 누구보다 내가 무슨 말을 하는지 틀림없이 알고 있을 것입니다. 여러분은 직접 창작을 하기도 했으니까요. 그리고 창작하면서 자주 여러분의 활동을 위한 어떤 확고한 토대가, 가령 어머니와도 같은 대지가, 하늘이, 생동하는 공기가 결핍되어 있다는 것을 느꼈음이 틀림없습니다.

근대의 시인은 이 모든 것을 내면으로부터 만들어내야 합니다. 그리고 많은 시인들은 그것을 훌륭하게 해냈습니다. 하지만 지금까지는 오로지 각자 혼자서만, 개개의 작품이 모두 마치 처음부터 무無에서 만들어진 새로운 창조물이듯 그렇게 해왔습니다.

곧바로 요점으로 들어가겠습니다. 나의 주장은, 우리 시문학에는 고대인의 시문학에서의 신화와 같은 어떤 중심이 결여되어 있다는 것입니다. 그리고 근대 시문학이 고대 시문학에 미치지 못하는 가장 근본적인 지점은 다음과 같은 말로 요약될 수 있습니다. 요컨대 우리에게는 신화가 없습니다. 그러나 내가 덧붙여 말하고 싶은 것은, 우리는 하나의 신화를 획득하는 데 가까이 와 있으며, 아니 오히려 우리가 하나의 신화를 만들어내기 위해 진지하게 함께 협력해야 할 시간이라는 것입니다.

왜냐하면 그 신화는 이전의 고대 신화와는 완전히 정반대의 길로 우리에게 올 것이기 때문입니다. 이전의 신화는 젊은 상상력이 도처에서 처음으로 피어난 것으로서 감각적 세계에 가장 가까이 있는 것, 거기에 있는 가장 생동감 있는 것과 직접적으로 잇닿아 있으면서 동화된 것입니다. 이와 반대로 새로운 신화[1]는 정신의 가장 깊은 심연으로부터 만들어져야 합니다. 그것은 다른 모든 것을 포괄해야 하는 까닭에 모든 예술작품 중에서 가장 인위적인 것이어야 합니다. 시문학의 오래되고 영원한 원천을 위한, 그리고 심지어 모든 다른 시의 맹아를 감싸고 있는 저 무한한 시를 위한 새로운 온상이자 그릇이어야 하는 것입니다.

여러분은 이러한 신비스러운 시를, 그리고 가령 수많은 시적 창작물이 밀려드는 가운데 생겨나는 무질서를 비웃을지도 모르 겠습니다. 그렇지만 최고의 아름다움, 최고의 질서는 오직 카오스의 아름다움일 뿐입니다. 요컨대 하나의 조화로운 세계를 펼쳐 보이기 위해 오로지 사랑이 어루만져주기만을 기다리는 그런 카오스의 아름다움이며, 고대의 신화와 시문학이기도 했던 것과 같은 그런 카오스의 아름다움입니다. 왜냐하면 신화와 시문학, 이 둘은 하나이며 분리될 수 없기 때문입니다. 고대의 모든 시들은 하나하나 서로 이어져 있고, 점점 더 커져가는 덩어리와 부분들에서 마침내 전체가 형성됩니다. 모든 것이 서로 맞물려 있으며, 하나이자 동일한 정신이 어디에서나 단지 다르게 표현되고 있는 것일 뿐입니다. 그렇기 때문에 고대의 시문학을 한 편의 유일무이한, 나뉠 수 없는 완성된 시라고 말하는 것은 정말로 전

1 슐레겔이 이 글의 두번째 판본에서 '신화'라는 표현 대신 "상징체계(Symbolik)"라는 용어를 빈번하게 사용하고 있는 점을 고려하면, '새로운 신화(neue Mythologie)'라는 표현에는 고대 시문학이 신화라는 '동일한' 상징언어를 공유했던 것처럼, 근대 시문학을 위한 소재, 주제, 모티프, 표현 형식 들의 화수분과 같은 '자연과 예술에 관한 상징체계'라는 의미가 기본적으로 담겨 있다. 이와 동시에 새로운 신화에는 자연의 감각적 모방이 아닌 '정신'에서 싹튼 새로운 창작 방식, 새로운 (시적) 창작물이라는 의미 또한 들어 있다.

혀 공허한 비유가 아닙니다. 이전에는 존재했던 것이 왜 다시 새롭게 그렇게 되지 못하겠습니까? 물론 다른 방식으로 그렇게 되어야 합니다. 그리고 더 아름답고 더 훌륭한 방식으로는 왜 되지 못하겠습니까?

내가 여러분에게 부탁하는 바는, 새로운 신화의 가능성에 대한 불확신에 굴복하지만은 말아달라는 것입니다. 모든 측면과 모든 방향에서의 의문들은 저로서는 기꺼이 받아들이겠습니다. 그래야 이 검토가 그만큼 더 자유롭고 풍성해질 테니까요. 그러니 이제 나의 추론에 귀를 기울여주시길 바랍니다! 이 문제의 상황으로 미루어볼 때 나는 추론 이상의 것을 여러분에게 제시할 수 없습니다. 하지만 이러한 추론들이 여러분 자신에 의해서 진실이 될 것이라 기대합니다. 왜냐하면 만일 여러분이 그 추론을 진실로 만들고자 한다면, 이것은 어떤 의미에서 그런 시도를 위한 제안이기 때문입니다.

새로운 신화가 오로지 정신의 가장 깊은 심연으로부터 마치 자기 자신을 통해서만 생겨날 수 있다면, 우리는 이 시대의 위대한 현상, 즉 관념론Idealismus에서 우리가 찾고 있는 것에 관한 매우 의미심장한 암시와 주목할 만한 확증을 발견하게 됩니다![2] 이 관념론은 마치 무無에서 생겨난 것처럼 바로 그렇게 탄생했습니다. 이제 정신의 세계에서도 어떤 견고한 지점이 구축되었고,

---

2 슐레겔은 「아테네움 단편」에서 프랑스혁명, 피히테의 지식학, 괴테의 『빌헬름 마이스터의 수업시대』를 1800년 전후 시대의 정치, 철학, 문학에서의 "가장 위대한 경향들"이라고 규정한 바가 있다. 새로운 신화는 '정신'의 작업이라는 점에서 독일 관념론의 맥락에서 이해되어야 한다.

거기서부터 인간의 힘이 모든 방면을 향해 상승적으로 발전하면서 확장될 수 있습니다. 확실히 자기 자신뿐 아니라 [자기 자신으로의] 귀환도 결코 잃지 않으면서 말이지요.[3] 이 위대한 혁명이 모든 학문과 모든 예술을 사로잡을 것입니다. 이미 여러분은 이 혁명이 자연학[4]에서 작용하고 있음을 목격하고 있습니다. 사실 자연학에서는 원래 철학이라는 마법의 지팡이가 자연과학을 건드리기도 전에 이미 일찍부터 관념론이 자생적으로 드러났습니다. 동시에 이 위대하고 놀라운 사실Faktum은 여러분에게 이 시대의 비밀스러운 연관성과 내적 통일성에 관한 하나의 암시가 될 수 있습니다. 관념론은, 실천적 관점에서 보면 바로 그 혁명의 정신에 다름아니며, 우리 자신의 힘과 자유로부터 행사하고 확장시켜야 할 그 혁명의 위대한 준칙입니다. 그렇지만 관념론이 여기서 아무리 중요해 보인다 할지라도, 이론적 관점에서 보면 그것은 단지 하나의 부분이며 가지이고, 모든 현상 중의 현상, 즉 인류가 모든 노력을 다해서 자신의 [상실된] 중심을 찾기 위해 노력하고 있다는 것에 관한 하나의 표현 방식에 지

---

3 독일 관념론의 철학자 피히테(Johann Gottlieb Fichte, 1762~1814)는 인간 정신의 이러한 활동, 즉 원심력(자기 자신으로부터 벗어나기)과 구심력(자기 자신으로 귀환하기)의 영원한 교체를 "절대 자아(das absolute Ich)"라는 토대에 정초시켰다.

4 슐레겔은 여기서 'Physik'이라는 개념어를 사용하고 있는데, 이 단어의 어원인 그리스어 'physis'는 '자연(Natur)'을 의미하며, 'Physik(자연학)'은 자연의 식물, 동물 등의 발생과 성장, 그것들의 자연적 속성 등을 학문의 대상으로 삼는다. 슐레겔이 이 글에서 'Physik'으로 지칭하는 것은 자연에 관한 인식의 총합, 특히 초기 낭만주의 시기의 사변적 자연철학(Naturphilosophie)을 의미한다. 'Physik'을 흔히 통용되는 '물리학'이라고 번역할 경우 초래될 수 있는 오해를 피하고자 문맥에 따라 '자연학'이나 '자연철학'으로 옮겼다.

나지 않습니다. 모든 것이 그렇듯이, 인류는 몰락할 수밖에 없거나 아니면 새롭게 거듭날 수밖에 없습니다. 무엇이 가능성이 더 높을까요? 그리고 무엇이 그러한 혁신의 시대를 희망하지 못하게 하는 것일까요? 아득한 고대는 다시 소생할 것이고, 그리고 문화Bildung의 가장 먼 미래가 벌써 전조를 보이며 자신을 알려올 것입니다. 하지만 여기서 이것은 나에게 당장 중요한 것은 아닙니다. 왜냐하면 나는 아무것도 거르지 않고 여러분을 한 걸음씩 이러한 가장 성스러운 신비에 대한 확신으로 인도하고 싶기 때문입니다. 정신의 본질이 자기 자신을 규정하고 끝임없는 변화 속에서 자신으로부터 벗어났다가 [다시금] 자신으로 귀환하는 것이듯, 모든 사유는 그러한 [정신의] 활동의 결과에 지나지 않는 것이듯, 이와 동일한 과정이 대체적으로 관념론의 모든 형식에서도 보여집니다. 요컨대, 관념론 자체가 바로 그 자기법칙Selbstgesetz에 대한 인정입니다. 그리고 이러한 인정으로 강화된 새로운 삶은 새로운 착상의 무제한적 충만함을 통해, 보편적인 전달 가능성을 통해, 그리고 활기찬 영향력을 통해 자신의 비밀스러운 힘을 가장 훌륭하게 드러냅니다. 물론 이 현상은 모든 개체마다 각기 다른 형상을 지니며, 그래서 그 성과는 우리의 기대에 종종 미치지 못할 수밖에 없습니다. 그렇지만 필연적 법칙들이 [우리로 하여금] 전체의 과정을 위해 기대하게 하는 것, 그 점에 있어 우리의 기대는 어긋날 수 없습니다. 모든 형태의 관념론은, 자신으로 되돌아올 수 있기 위해서는, 그리고 자신의 모습 그대로 머무르기 위해서는 이런저런 방식으로 자신으로부터 벗어나야 합니다. 그런 까닭에 마찬가지로 관념론의 품속에서 무제한적인 새로운 실재론Realismus이 솟아날 수밖에 없고, 또한 그렇게 될 것입니다. 따라서 관념론은 단지 그것의 발생 방식에서만 새로운 신화에 대한 하나의 예가 되는 것이 아니라, 간접적인 방식에서도 새로운 신화의 원천이 되어야 합니다. 비슷한 경향의 흔적들을 여러분은 이미 지금 거의 어디서나, 특히 자연철학에서 관찰할 수 있을 텐데, 거기에는 자연에 관한 신화적 견해를 제외하고는 더이상 아무것도 결여된 것이 없어 보입니다.

나 역시 이미 오래전부터 그러한 실재론의 이상을 마음에 지니고 있습니다. 지금까지 그것을 털어놓지 않았던 이유는 단지 내가 이를 표명할 기관Organ을 여전히 찾고 있기 때문이었습니다. 물론 나는 그것을 시문학에서만 찾을 수 있다는 것을 알고 있습니다. 실재론은 철학이나 혹은 어떤 체계의 형태로는 결코 다시 등장할 수 없기 때문입니다. 그리고 일반적인 전통에 따르더라도 이러한 새로운 실재론은 관념적인 것과 실재적인 것의 조화에 기반한 시문학으로 나타날 것이라고 기대할 수 있습니다. 왜냐하면 이 실재론은 관념론적 기원을 가질 수밖에 없는데, 말하자면 관념론적 토대와 기반 위에서 부유할 수밖에 없기 때문입니다.

내가 보기에 스피노자[5]는 우화에 나오는 저 늙고 선량한 사

---

5 스피노자(Benedict Spinoza, 1632~1677). 네덜란드의 철학자. 데카르트적 이원론에 반대하여 신(자연)만이 무한하고 유일한 실체(Substanz)라고 주장했으며, 이러한 범신론적 사상은 독일 자연철학자들과 고전주의 및 낭만주의 작가들에게 커다란 영향을 끼쳤다.

투르누스[6]와 똑같은 운명에 처해 있습니다. 새로운 신들이 학문의 높은 왕좌로부터 이 훌륭한 자를 밀어냈습니다. 그는 상상력의 성스러운 어둠 속으로 물러났고, 거기서 살면서 지금은 다른 거인족과 함께 위엄 있게 추방 상태에 있습니다. 그를 여기에 놓아둡시다! 뮤즈들의 노래 속에서 이전의 통치에 대한 그의 기억이 희미한 동경으로 녹아들게 합시다. 그가 [철학적] 체계라는 전투적 장신구를 벗어던지고, 그러고 나서 새로운 시문학의 성전에서 호메로스와 단테와 함께 기거하며 신적 영감으로 충만한 모든 시인의 수호신과 지인들과 어울리게 합시다.

스피노자를 숭배하지도 사랑하지도 않으면서, 완전히 그의 사람이 되지도 않으면서 어떻게 시인일 수 있는지 사실 나는 이해하기 어렵습니다. 여러분 자신의 상상력은 개별적인 것을 창작하기에는 충분히 풍부합니다. 상상력을 자극하여 활동하도록 이끌고 그것에 자양분을 제공하는 데 다른 예술가의 시문학작품보다 더 적합한 것은 없습니다. 그렇지만 여러분은 스피노자에게서 모든 상상력의 시작과 끝을, 여러분의 개별적인 창작물이 기반하고 있는 보편적인 근거와 토대를 발견할 것입니다. 그리고 상상력이 갖고 있는 근원적이고 영원한 것이 모든 개별적이고 특수한 것에 의해 바로 이렇게 분리되는 것은 여러분에게는 매우 환영할 만한 것임에 틀림없습니다. 이 기회를 포착하여 살

---

6 사투르누스(크로노스)는 아들 유피테르(제우스)에 의해 권좌에서 축출되어 저승의 가장 깊숙한 곳인 타르타로스에 갇히게 된다. 오비디우스의 『변신』에 따르면, 사투르누스가 통치하던 시대는 황금시대이며, 이어서 은의 시대, 청동시대가 뒤를 잇는다.

펴보십시오! 시문학의 가장 내밀한 작업장에 이르는 심원한 시선이 여러분에게 주어질 것입니다. 스피노자의 상상력뿐 아니라 그의 감정도 마찬가지로 같은 종류의 것입니다! 그의 감정은 이런저런 것에 대해 민감한 상태도, 부풀어올랐다가 다시 가라앉는 열정도 아닙니다. 하지만 어떤 투명한 향기가 보일 듯 말 듯 전체 위에서 부유하고 있으며, 영원한 동경은 어디서나 근원적인 사랑의 정신을 고요한 위대함 속에서 숨쉬고 있는 소박한 작품의 심연으로부터 공명共鳴을 찾게 됩니다.

인간에게 있는 신성의 이러한 부드러운 반영이 원래의 영혼이자 모든 시문학에서 타오르는 불꽃이 아닐까요? 인간을, 열정과 행위를 단순히 묘사하는 것은 정말이지 대수로울 것이 없습니다. 인위적인 형식들도 마찬가지입니다. 여러분이 그 낡은 잡동사니를 수백만 번이나 이리저리 던져서 궁굴린다 하더라도 말이지요. 그것은 단지 눈에 보이는 외적인 육체일 뿐이며, 영혼이 소멸되고 나면 시문학의 죽어 있는 시신에 지나지 않습니다. 하지만 저 열광의 불꽃이 작품에서 터져나오면, 새로운 현상이 우리 눈앞에 있게 됩니다. 생생하게, 빛과 사랑의 아름다운 영광 속에서 말입니다.

그러니 모든 아름다운 신화란 우리를 둘러싸고 있는 자연이 상상력과 사랑의 이러한 변용 속에 상형문자로 표현된 것이 아니고 무엇이겠습니까?

신화에는 훌륭한 장점이 있습니다. 평소 의식이 계속해서 기피하는 것도 신화에서는 감각적이면서 정신적으로 직관할 수 있으며 거기에 붙들려 있습니다. 마치 영혼이 육체로 둘러싸인 채 그 육체를 통해 우리 눈에 비추이고 우리 귀에 말하는 것처럼 말입니다.

중요한 점은 우리가 지고의 것과 관련해서 우리의 심성Gemüt에 만 전적으로 의존하는 것은 아니라는 사실입니다. 물론 심성이 메마른 자에게서는 어디에서도 그것이 솟아나지 않겠지요. 이는 잘 알려진 진실이고, 이를 반박할 생각이 나는 조금도 없습니다. 하지만 우리는 이미 형성된 것에 어디에서나 잇닿아 있어야 합 니다. 그리고 지고의 것이라 할지라도 동일한 것, 유사한 것, 혹 은 대등한 지위를 가진 적대적인 것과의 접촉을 통해 그것을 발 전시키고 불타오르게 하고 길러내야 합니다. 한마디로 말해서, 형성해내야 하는 것입니다. 그렇지만 실제로 지고의 것이 의도적 으로 형성될 수 없는 것이라면, 즉시 그 어떠한 자유로운 이념 예술Ideenkunst에 대한 요구라도 모두 포기합시다. 그렇게 되면 그 이념 예술은 공허한 이름이 될 테니까요.

신화란 그러한 자연의 예술작품입니다. 신화의 조직체에는 지 고의 것이 실제로 형성되어 있습니다. 모든 것이 관계이고 변신 이며, 서로 동화되고 변형되어 있습니다. 이러한 동화Anbilden와 변형Umbilden이 바로 신화의 고유한 과정이며, 신화의 내적인 삶 이며, 신화의 방법이라고 나는 감히 말하고자 합니다.

여기서 나는 이제 낭만적 시문학의 저 위대한 위트와의 상당 한 유사성을 발견하는데, 그 위트는 개별적 착상에서가 아니라 전체의 구성에서 나타납니다. 그리고 그 위트에 관해서는 우리의 친구[안드레아]가 이미 여러 번 세르반테스와 셰익스피어의 작품들을 들어 설명한 바가 있습니다. 바로 인위적으로 정돈된 혼돈, 모순들의 매혹적 대칭, 전체의 가장 작은 부분에서조차 살아 있는 열광과 아이러니의 놀랍고도 영원한 교체가 내게는 이미 그 자체로 하나의 간접적인 신화처럼 보입니다. 유기체적 조직도 이와 동일한 것이며, 아라베스크야말로 인간 상상력의 가장 오래되고 근원적인 형식임에 틀림없습니다. 이러한 위트나 신화도 최초의 근원적이며 모방 불가능한 것 없이는 존재할 수 없습니다. 그것은 결코 해체될 수 없으며, 모든 변형을 거친 후에도 여전히 이전의 본성과 힘을 희미하게 내비치는데, 거기서는 소박한 통찰력이 전도된 것과 광기 어린 것 혹은 단순한 것과 어리석은 것의 외관을 하고 어른거리며 드러납니다. 왜냐하면 모든 시문학의 시작은, 이성적으로 사유하는 이성의 과정과 법칙들을 지양하고 우리를 다시금 상상력의 아름다운 혼돈 속으로, 인간 본성의 근원적인 카오스로 옮겨놓는 것이기 때문입니다. 그 카오스에 대해 나는 고대의 신들의 다채로운 혼잡스러움보다 더 아름다운 상징을 지금까지 알지 못합니다.

어째서 여러분은 이 위대한 고대의 찬란한 형상들을 새롭게 부활시키려 나서려고 하지 않습니까? 한 번만이라도 스피노자의 정신으로 충만하여, 그리고 모든 숙고하는 사람에게서 현재의 자연철학이 유발시킬 수밖에 없는 그 관점에서 고대 신화를 관찰해본다면, 모든 것이 여러분에게 새로운 광채와 생명으로 나타날 것입니다.

하지만 새로운 신화의 생성을 촉진시키기 위해서는 다른 신화들도 그 심오함과 아름다움과 형성의 정도에 따라 다시 일깨워져야 합니다. 고대의 보물만큼이나 오리엔트의 보물 역시 우리가 접할 수만 있게 되면 얼마나 좋을까요! 점점 무뎌지고 난폭해지는 민족이 거의 활용할 줄 모르는 기회를 감각의 보편성과 심오함과 아울러 자기 고유의 번역의 재능을 겸비한 독일의 몇몇 예술가가 소유하게 된다면, 시문학의 어떤 새로운 원천이 인도로부터 우리에게 흘러들어올 수 있을까요? 우리는 오리엔트에서 가장 낭만적인 것을 찾아야 합니다. 그리고 우리가 그 원천으로부터 비로소 물을 길어올릴 수 있게 되면, 아마도 스페인 시문학에서 지금 우리에게 그토록 매력적인 남방적 격정의 모습이 다시 단지 서양적이고 빈약한 것으로 보일 것입니다.

어쨌든 우리는 하나 이상의 방법으로 목적을 향해 밀고 나갈 수 있어야 합니다. 각자 모두 즐거운 확신을 지니고 가장 개성적인 방식으로 자신의 길을 갑시다. 왜냐하면 개체성이라는 권리가―그것이 단지 이 단어가 가리키는 것, 즉 나뉠 수 없는 통일성이자 내적인 생동하는 관계라면―지고의 것에 관해 이야기하고 있는 여기에서보다 더 중요한 곳은 없기 때문입니다. 이러한 입장에서 나는 인간의 진정한 가치, 즉 인간의 미덕은 독창성이라고 말하는 데 조금도 주저하지 않을 것입니다.

그리고 내가 스피노자에게 그토록 커다란 중요성을 부여한다면, 그것은 정말로 주관적인 선호로 인한 것도(나는 오히려 선호의 대상들에 확실하게 거리를 두었습니다), 혹은 그를 새로운 독재

정치의 지배자로 추대하기 위해서도 아닙니다. 스피노자라는 예를 통해 신비주의의 가치와 위상 및 신비주의가 시문학과 맺고 있는 관계에 대한 나의 생각을 가장 인상적이고 분명하게 보여줄 수 있었기 때문입니다. 이러한 측면에서 스피노자가 가진 객관성을 보았기 때문에 그를 그 밖의 다른 모든 이들의 대표자로 선택했던 것입니다. 그 점에 관해서는 이렇게 생각합니다. 관념론의 무한성과 영원한 풍요로움을 알아차리지 못한 이들의 견해에 따르면 [피히테의] 지식학이 적어도 하나의 완성된 형식으로, 즉 모든 학문에 대한 일반적인 도식으로 남아 있듯이, 스피노자 역시 유사한 방식으로 모든 개별적 방식의 신비주의에 대한 일반적인 근거와 토대인 것입니다. 그리고 내 생각에 이러한 점은, 신비주의에 대해서도 스피노자에 대해서도 특별히 많이 이해하고 있지 못하는 사람들이라도 기꺼이 인정할 것입니다.

이 연설을 끝내기 전에 나는 다시 한번 자연철학 연구를 촉구합니다. 이제 자연철학의 역동적인 모순들로부터 자연의 가장 신성한 계시들이 사방에서 분출하고 있습니다.

그리고 빛과 삶에 맹세컨대! 더이상 주저하지 말고 각자의 생각에 따라 우리에게 소명으로 주어진 그 위대한 발전을 촉진시킵시다. 시대의 위대함에 부응합시다. 그러면 안개가 여러분의 눈에서 걷히고 앞이 환하게 밝아질 것입니다. 모든 사유는 예견하는 것입니다. 그렇지만 인간은 이제야 비로소 자신의 예견적 힘을 의식하기 시작하는 중입니다. 이 힘은 헤아릴 수 없는 확장을 경험하게 될 터인데, 바로 지금인 것입니다. 내 생각으로는, 이 시대를, 즉 보편적 혁신이라는 저 위대한 과정을, 영원한 혁명의 원칙들을 이해하는 사람이라면, 틀림없이 인류의 양극성을 파악하고 최초의 인간들이 행한 행위는 물론 곧 도래할 황금시대의 성격을 인식하고 알 수 있을 것입니다. 그렇게 되면 공허한 허튼소리는 그칠 것이고, 인간은 자신이 무엇인지 깨닫게 되며, 대지와 태양을 이해하게 될 것입니다.

이것이 내가 새로운 신화에 대해 생각하는 바입니다.

●

안토니오 그대의 강연을 들으면서, 내가 자주 들어 들어왔지만 이제야 예전보다 훨씬 더 분명해진 두 가지 논평이 떠올랐습니다. 관념론자들은 어디서나 나에게 스피노자는 정말 훌륭하지만 이해하기는 너무나 어렵다고 확언하더군요. 이와 달리 나는 그의 비판적 성격의 저술들에서 천재의 모든 작품은 눈으로 보기에는 명확하지만 이해하기에는 영원히 비밀스럽다는 것을 발견했습니다. 그대의 견해에 따르면 이러한 발언들은 서로 밀접한 관계를 이루고 있는데, 그래서 나는 그것들의 의도하지 않은 대칭이 정말이지 즐겁습니다.

로타리오 우리 친구[루도비코]가 자연철학을 매우 각별하게 언급한 것 같은데, 이에 관해 해명을 요구하고 싶군요. 왜냐하면 그는 아마도 자신이 말하는 신화의 본래적 원천이라 할 수 있을 역사 또한 자연철학만큼이나 은연중에 여러 군데에서 근거로 삼았기 때문입니다. 만약 아직 존재하지도 않는 어떤 것에 대해서 [예컨대 '자연학'의 의미에서 'Physik'이라는] 어떤 오래된 이름을 사용하는 것이 그래도 허락된다면 말이지요. 그렇지만 시대에 관한 그대의 견해는 내가 생각하는 바의 역사적 견해라는 이름을 얻을 가치가 있는 것으로 보입니다.

루도비코 사람들은 생명의 최초의 흔적들을 지각하는 지점에서 우선 시작하기 마련이지요. 그곳이 지금은 자연철학입니다.

마르쿠스 그대의 발표 속도가 약간 빨랐습니다. 개별적인 세부 내용에 대해서 나는 자주 부연 설명을 부탁해야만 할 것 같았거든요. 하지만 전체적으로 그대의 이론은 나에게 교훈적 장르에 대해서, 혹은 우리의 문헌학자들의 표현을 빌리자면, 교육적didaskalisch 장르에 대해서 새로운 전망을 제시해주었습니다. 지금까지의 모든 분류들의 이러한 교차가 어떻게 필연적으로 시문학에 속하는지 이제는 알겠습니다. 시문학의 본질이 사물들에 관한, 즉 인간뿐만 아니라 외적인 자연에 관한 바로 이러한 보다 높은 관념론적 견해라는 것은 논쟁의 여지가 없기 때문입니다. 전체의 이러한 본질적인 부분을 형성의 과정에서는 분리해서 다루는 것도 유리할 수 있다는 점은 납득할 만합니다.

안토니오 나는 교훈적 시문학을 하나의 고유한 장르로 인정할 수 없습니다. 낭만적 시문학도 마찬가지입니다. 모든 시는 원래 낭만적이어야 하며, 모든 시는 '교육적'이라는 단어의 더

넓은 의미에서, 즉 심오하고 무한한 의미를 향한 경향을 지칭한다는 의미에서 교육적이어야 합니다. 꼭 이 명칭을 사용하지 않고도 우리는 어디서나 또한 이러한 요구를 하지요. 예컨대 연극 같은 완전히 대중적인 장르에서조차도 우리는 아이러니를 요구합니다. 사건들, 인간들, 한마디로 삶이라는 유희 전체가 실제로도 유희로서 받아들여지고 묘사되도록 요구한다는 것이지요. 이러한 삶의 유희 전체가 우리에게 가장 본질적인 것처럼 여겨집니다. 그 안에 들어 있지 않은 것이 무엇이 있죠? 따라서 우리는 오로지 전체의 의미에만 충실하면 됩니다. 감각, 마음, 지성, 상상력을 개별적으로 자극하고 뒤흔들고 몰두하게 하고 즐겁게 하는 것이 우리가 전체를 향해 고양되는 그 순간에는 단지 기호이며 전체를 관조하는 수단으로 여겨지는 것이죠.

로타리오 예술의 모든 신성한 유희들은 세계의 무한한 유희를, 즉 영원히 자기 자신을 형성해가는 예술작품을 그저 멀리서 모방하는 것에 지나지 않습니다.

루도비코 달리 표현하자면, 모든 아름다움은 알레고리입니다. 지고의 것, 그것은 말로 표현할 수 없는 까닭에 오직 알레고리로서만 말해질 수 있습니다.

로타리오 그런 이유로 모든 예술과 학문의 가장 내적인 신비들은 시문학의 소유물입니다. 거기서부터 모든 것이 시작되었고, 거기로 모든 것이 되돌아가야 합니다. 인류의 이상적인 상태에서는 오직 시문학만이 존재할 것입니다. 그렇게 되면 예술과 학문은 하나인 것이지요. 우리가 처한 지금의 상태에서는 오직 참된 시인만이 이상적 인간이며 보편적 예술가일 것입니다.

안토니오 혹은 모든 예술과 모든 학문의 소통과 묘사는 시문학적 요소 없이는 존재할 수 없습니다.

루도비코 나는 모든 학문과 예술의 힘이 하나의 중심에서 만난다는 로타리오의 견해에 동의합니다. 그리고 그대들이 심지어 수학에서도 그대들의 열광을 위한 자양분을 얻고 그대들의 정신이 수학의 경이로움을 통해 불타오르기를 신들에게 희망합니다. 하지만 나는 자연철학을 선호하는데, 여기서 그러한 접촉이 가장 뚜렷이 나타나기 때문이기도 합니다. 자연과학은 가설 없이는 어떤 실험도 할 수 없습니다. 모든 가설은, 매우 제한된 가설이라 할지라도 논리정연하게 생각해낸 것이라면, 전체에 관한 가설에 이르게 되지요. 그리고 그 가설들을 적용하는 사람이 의식하지 못하더라도 원래 그러한 성격의 가설에 기초하고 있습니다. 사실 놀라운 점은, 자연에 대한 인식이 기술적 목적들이 아니라 보편적인 결과들과 관계를 맺자마자 자신도 알지 못하는 사이에 우주발생론이나 천문학과 신지학神智學에, 혹은 그대들이 어떻게 부르던 간에, 간단히 말해서 전체에 관한 신비주의적 학문에 이르게 된다는 사실입니다.

마르쿠스 플라톤이 이러한 학문에 관해서는 스피노자만큼이나 많이 알지 않았을까요? 나는 스피노자를 그의 [철학적] 형식이 조야한 탓에 전혀 견뎌내지 못합니다만.

안토니오 우리가 알고 있는 그 플라톤이 아니라 할지라도 이 관점에서는 스피노자만큼이나 객관적일 수는 있겠지요.[7] 하지만 우리 친구[루도비코]가 실재론의 신비들 속에서 시문학의 원천을 보여주기 위해 스피노자를 선택한 것이 더 좋았습니다. 바로 스피노자에게서는 어떠한 형식의 시문학도 생각할 수 없는 이유에서입니다.[8] 이와 달리 플라톤에게서는 서술과 그것이 보여주는 완전성과 아름다움이 수단이 아니라 목적 그 자체입니다. 그렇기 때문에, 엄밀하게 말하면 플라톤의 [철학적] 형식은 이미 철저하게 시문학적이지요.

루도비코 스피노자를 단지 대표적 인물로 내세운다고 강연에서도 이야기를 한 바가 있습니다. 좀더 상세하게 설명하려 했다면, 위대한 야코프 뵈메[9]에 관해서도 이야기를 했었을 겁니다.

안토니오 뵈메를 예로 들었다면, 우주에 관한 이념들이 그대가 다시 불러들이려는 고대 신화의 형상들에 비해 기독교적 형상에서는 더 좋지 않은 효과를 갖는지의 여부도 동시에 보여줄 수 있었을 텐데요.

안드레아 고대의 신들을 존중해주셨으면 합니다.

---

7 이데아론을 주장한 플라톤이기는 하지만, 고대 그리스의 자연철학자들처럼 자연(physis)에 대한 사변적이고 신비주의적 인식에는 정통했을 것이라는 의미이다.

8 스피노자의 『에티카』의 원제가 '기하학적 순서로 증명된 윤리학(Ethica, ordine geometrico demonstrata)'이라는 점에서도 알 수 있듯이 스피노자의 철학적 사유는 정교하고 치밀한 논증 체계에 철저하게 기초하고 있다.

9 야코프 뵈메(Jakob Böme, 1575~1624). 독일의 철학자이자 신비주의자, 신지학자.

로타리오 그리고 저는 여러분이 엘레우시스 비의祕儀[10]를 상기해보길 요청합니다. 이에 관한 나의 생각을 종이에 적어 와서 이 주제의 장엄함과 중대함에 걸맞도록 일목요연하고 상세하게 여러분에게 제시할 수 있었다면 좋았을 것 같습니다. 오로지 비의의 흔적들을 통해서 나는 고대 신들의 의미를 이해하는 것을 배웠습니다. 추측건대, 그 비의에 만연해 있었던 자연에 대한 견해는 현재의 연구자들에게, 그럴 준비가 이미 되어 있다면, 많은 것을 밝혀줄 것입니다. 실재론에 관한 가장 과감하고 강렬한 묘사가, 심지어 가장 거칠고 광폭하다고까지 말하고 싶은 묘사가 실재론에 관한 최고의 서술인 것이지요. 루도비코, 내가 기회가 되면 제우스의 양성성兩性性에 관한 내용으로 시작되는 오르페우스 단편[11]을 소개해주기로 한 것을 잊지 말고 저에게 상기시켜주길 바랍니다.

마르쿠스 나는 빙켈만이 한 어떤 암시가 기억나는데, 거기서 그는 그 단편을 그대와 마찬가지로 높이 평가했던 것으로 짐작됩니다.

카밀라 루도비코, 당신이 스피노자의 정신을 아름다운 형식으로 서술하는 것도 가능하지 않을까요? 아니면 그대 자신의 입장, 즉 그대가 실재론이라고 부르는 것이 무엇인지 서술할

---

10 그리스의 아테네 근처 엘레우시스에서 거행된 데메테르와 페르세포네 숭배의식. 그 기원은 미케네 문명시대로까지 거슬러올라가며, 기원전 6세기부터는 범그리스적 종교행사가 되었다.

11 고대 오르페우스 비교(祕教)의 신자들 사이에서 전설적 시인 오르페우스가 직접 운문으로 썼다고 알려진 텍스트를 말한다.

수 있으면 더 좋지 않을까요?

마르쿠스 후자가 더 좋을 것 같네요.

루도비코 그런 생각을 마음에 품고 있는 사람이라면 오로지 단테와 같은 방식으로만 할 수 있을 테고 또 그렇게 하려 할 것입니다. 단테처럼 그 사람은 정신과 마음에 오직 단 하나의 시를 품고 있음에 틀림없을 테고, 그것이 과연 표현될 수 있을지 자주 절망하고 말 것입니다. 하지만 그것이 성공한다면, 그는 충분히 할일을 다한 것이겠지요.

안드레아 그대는 하나의 훌륭한 모범을 제시했습니다! 의심할 여지 없이 단테는 불과 몇 가지 형편이 유리했을 뿐 말할 수 없이 힘든 많은 상황에서 자신의 압도적인 활력으로, 그것도 온전히 혼자서 그 당시에 가능했던 일종의 신화를 창조하고 형성해낸 유일한 사람이지요.

로타리오 원래 모든 작품은 자연의 새로운 계시여야 합니다. 오로지 하나이자 전체가 됨으로써 어떤 하나의 작품은 [진정한] 작품das Werk이 됩니다. 오직 이러한 점을 통해서 그것은 습작과는 구별되지요.

안토니오 내가 그대에게 습작이라고 언급하려던 것이 그렇다면 당신 의미에서는 작품과 마찬가지이네요.

마르쿠스 그러면 외부로 영향을 미칠 것을 고려한 시들, 가령 탁월한 희곡들은 그렇게 신비하지도 포괄적이지도 않지만 이미 그것들이 갖고 있는 객관성으로 인해 습작들과 구별되지 않을까요? 습작들은 우선은 오로지 예술가의 내적인 형성을 향해 있고, 그다음에 예술가의 궁극적 목적, 즉 외부를 향한 그 객관적 작용을 비로소 준비하니까요.

로타리오 단순히 훌륭한 희곡들에 지나지 않는다면, 그것들은 단지 목적을 위한 수단에 불과하겠지요. 거기에는 독자적인 것, 그 자체로 완결된 것이 결여되어 있습니다. 이를 설명하기 위해 저는 작품이라는 말 외에 다른 어떤 말도 찾지 못하겠습니다. 그리고 이런 이유에서 이 단어를 계속 그렇게 사용하고 싶습니다. 루도비코가 의미하고 있는 바와 비교해보면, 드라마는 단지 응용된 시문학입니다. 그렇지만 나의 의미에서 작품이라 부르는 것은, 어떤 개별적 경우에서는 아마도 그대의 의미에서 객관적이고 드라마적일 수도 있겠지요.

안드레아 그런 방식이라면 고대의 장르들 가운데서는 서사시 장르에서만 그대가 강조한 의미에서의 작품이 가능하겠군요.

로타리오 그 논평은 서사시적인 것에서는 그 하나의 작품이 유일한 작품이기도 하다는 점에서만 옳은 말입니다. 고대인들의 비극과 희극 작품들은 그와는 달리 하나의 동일한 이상理想의 변주이자 다양한 표현일 뿐이지요. 그 작품들은 체계적인 구조, 구성과 조직과 관련해서 최고의 모범으로 남아 있고, 이렇게 말해도 된다면, 작품 중의 작품입니다.

안토니오 내가 이 향연에 기여할 수 있는 것은 약간 가벼운 메뉴입니다. 아말리아로부터 나는 이미 그녀에 대한 나의 특별한 충고를 모두에게 공개해도 괜찮다는 양해와 허락을 받았습니다.

○

소설에 관한 편지

사랑하는 친구여! 내가 어제 그대를 옹호하기 위해 말한 것으로 여겨졌을 것을 철회하고 그대가 완전히 잘못 생각한 것이나 마찬가지라고 말해야겠습니다. 그대 자신도 논쟁이 끝나갈 무렵 이렇게 시인했습니다. 쾌활한 장난기와 부단한 시적 경향이라는 타고난 본성에서 시작했는데, 그대가 적절하게 명명했듯이, 남성들이 보여주는 철저하거나 답답한 진지함으로 기가 꺾이는 것은 여성적 품위에 어긋난다는 이유로 너무 깊숙이 관여했다고 말입니다. 당신에 대한 나의 입장은 그대가 잘못 생각하고 있다는 것입니다. 더욱이 나는 잘못을 인정하는 것으로는 충분하지 않다고 주장하는 바입니다. 어떤 값을 치러야 하겠지요. 그리고 내가 보기에, 그대가 비판을 받아 자신의 품위를 손상시킨 것에 대한 아주 적절한 대가는 어제 나누었던 대화의 주제에 관한 이 비판적 편지를 인내심을 발휘하여 읽는 것이어야 합니다.

지금 말하려는 것을 나는 바로 어제 할 수 있어야 했습니다. 아니 사실은 나의 기분과 상황 때문에 할 수 없었습니다. 아말리아, 당신은 어떤 적수를 상대하고 있었지요? 물론 그 사람은 거론되고 있었던 것을 정말 잘 이해하고 있었습니다. [시문학의] 유능한 대가라면 당연히 그래야 한다는 듯이 말이죠. 그가 이야기할 수만 있었다면, 다른 어느 누구만큼이나 그것에 관해 이야기할 수 있었을 겁니다. 그가 그렇게 하는 것을 신들이 허용하시지 않았던 것이지요. 이미 말했듯이, 그는 대가이며 그것으로 충분합니다. 우미優美의 여신들은 유감스럽게도 자리를 비우고 있었습니다.¹ 그는 그대가 마음속 깊이 생각했던 것이 무엇인지 전혀 예감조차 할 수 없었고, 겉으로 보기에는 그가 완전히 옳은 것으로 보였기 때문에, 나는 매우 강력하게 그대를 옹호하는 데 온통 마음을 쏟았습니다. 그래야 사교적 대화의 균형이 완전히 깨어지지 않을 테니까요. 그리고 또 정말 충고를 해야 한다면, 나로서는 말로 하는 것보다는 글로 하는 것이 더 자연스럽습니다. 말로 하는 충고로는 대화의 신성함이 훼손된다고 느껴지거든요.

우리의 대화는 그대가 프리드리히 리히터²의 소설들은 소설

---

1 괴테의 희곡 『토르콰토 타소』의 947행에서 가져온 인용. 시인 타소가 자신의 적수인 서기관 안토니오의 성격을 묘사하면서 한 표현이다.
2 프리드리히 리히터(Friedrich Richter, 1763~1825). 장 파울(Jean Paul)이라는 필명으로 활동했던 독일의 작가. 이 편지의 필자 안토니오는 장 파울의 소설에 담긴 위트와 유머, 아이러니, 그리고 특히 아라베스크적 서사기법에서 낭만적 시문학의 특징을 읽어내고 있다.

이 아니라 온갖 잡동사니의 병적인 위트라고 주장하면서 시작되었습니다. 그 빈약한 줄거리는 이야기로 간주하기에는 너무나도 형편없이 묘사되어서, 사람들이 알아맞혀야 할 정도라고 했습니다. 아무리 모든 이야기를 한데 모아 그것을 그냥 들려주려 해도 그것은 기껏해야 고백록이나 될 거라는 것이지요. 인간의 개성이 너무나도 뚜렷하게 드러난다면서, 더구나 그런 개성이라니!

마지막 말은 다시 개성의 문제에 불과하니 그냥 넘어가겠습니다. 온갖 잡동사니의 병적인 위트라는 말을 나는 인정합니다. 그렇지만 바로 그 점을 옹호하며 단호하게 내가 주장하는 바는, 그러한 그로테스크한 것들과 고백들이야말로 비낭만적인 우리 시대의 유일하게 낭만적인 창작물이라는 것입니다.

이 기회에 내가 오랫동안 마음속에 담고 있던 것을 털어놓겠습니다!

놀라운 느낌과 격분한 마음으로 나는 종종 하인이 그대에게 한 무더기의 책을 가져다주는 것을 지켜보았습니다. 어떻게 당신은 그대의 손으로 그 추잡한 책들을 만질 수가 있단 말입니까? 어떻게 당신은 이런 혼란스럽고 교양 없는 허튼 말들이 그대의 눈을 통해 영혼의 성소로 입장하는 것을 허용할 수 있습니까? 얼굴을 마주보면서는 겨우 몇 마디 말조차 주고받는 것도 부끄러워할 사람들에게 몇 시간 동안 그대의 상상을 맡길 수 있단 말입니까? 그것은 시간만 죽이고 상상력을 망치는 것 말고는 정말 아무런 도움이 되지 않는 짓입니다! 그대는 필딩³에서 라퐁텐⁴에 이르기까지 거의 모든 형편없는 책들을 다 읽었습니다. 거기서 얻은 것이 무엇인지 자문해보십시오. 그대의 기억조차 어린 시절의 좋지 않은 습관이 필요로 하는 이 저속한 짓을 경멸할 것이고, 그리고 그렇게 부지런히 끌어모아야 하는 것은 금방 깨끗이 잊히는 법입니다.

반면에 그대는 스턴[5]을 사랑했었고, 그의 양식을 받아들여 어떤 때는 모방하고 어떤 때는 조롱하면서 종종 즐거워했던 한 때가 있었다는 것을 아마 아직도 기억할 것입니다. 나는 그대가 그렇게 쓴 장난스러운 편지 몇 통을 여전히 갖고 있고, 앞으로도 조심스레 보관할 것입니다. 스턴의 유머는 그대에게 그러니까 어떤 특별한 인상을 남겼던 것이지요. 비록 이상적으로 아름다운 형식은 꼭 아니었다 하더라도 그것은 어쨌든 하나의 형식이었으며, 그대의 상상력이 스턴의 유머를 통해 획득했던 재기발랄한 형식이었습니다. 우리에게 그렇게 분명하게 남아서 농담과 진지함을 표현하는 데 사용하고 형상화할 수 있는 어떤 인상은 사라지지 않습니다. 그러니 무엇이 우리 내면에서 일어나는 형성의 유희를 어떤 방식으로든 자극하거나 거기에 자양분을 제공하는 것보다 더 근본적인 가치를 가질 수 있겠습니까.

---

3 헨리 필딩(Henry Fielding, 1707~1754). 영국의 작가. 소설 『업둥이 톰 존스의 이야기』(1749)는 근대 소설의 형식을 확립하는 데 중요한 역할을 한 작품으로 평가받는데, 슐레겔은 이 글에서 이러한 사실주의적 경향의 소설에 비판적 견해를 견지한다.

4 아우구스트 하인리히 라퐁텐(August Heinrich Lafontaine, 1758~1831). 독일의 통속소설 작가.

5 로렌스 스턴(Laurence Stern, 1713~1768). 영국의 소설가. 소설 『트리스트럼 샌디』(1759~1769)는 18세기에 쓰였다고 믿어지지 않을 정도의 파격적인 형식과 내용으로 이후 유럽문학에 커다란 반향을 일으켰다.

그대 스스로도 스턴의 유머에서 만끽한 즐거움은 순수했으며, 그것은 우리가 어떤 책을 아주 형편없다고 생각하는 바로 그 순간 그 책이 우리에게 종종 강제할 수 있는 호기심의 긴장감과는 완전히 다른 성격의 것이었다고 느낄 것입니다. 이제 스스로에게 물어보세요. 그대가 느낀 즐거움이 아라베스크라고 부르는 재치 있고 장난스러운 회화를 관찰할 때 우리가 종종 느꼈던 즐거움과 유사한 것은 아니었는지 말입니다. 그대가 스턴의 감수성에 대한 관심을 완전히 부정할 수는 없는 경우를 생각해서, 그대에게 여기 책 한 권을 보냅니다. 그렇지만 그대가 외국 작가들에 대해서 신중할 수 있도록 미리 말해둘 것이 있습니다. 다행인지 불행인지 이 책이 평판이 그리 좋지 않다는 점입니다. 바로 디드로의 『운명론자 자크*Jacques le fataliste*』[6]입니다. 그대의 마음에 들 거라고 생각합니다. 여기서 그대는 위트의 충만함을 그야말로 고스란히, 감상적으로 섞어놓지 않은 채 발견할 것입니다. 이 책은 분별 있게 구성되어 있으며 노련한 솜씨로 전개됩니다. 나는 과장 없이 이 책을 하나의 예술작품이라고 부를 수 있습니다. 물론 이것은 고상한 시문학은 아니고 단지 하나의 아라베스크입니다. 하지만 바로 그 이유에서 내가 보기에 이 책은 여간 까다로운 게 아닙니다. 왜냐하면 나는 아라베스크를 시문학의 매우 구

---

6   드니 디드로(Denis Diderot, 1713~1784)의 소설 『운명론자 자크와 그의 주인*Jacques le fataliste et son maître*』. 이 소설의 상당 부분은 디드로의 생전에 이미 잡지에 게재되었으며 그의 사후 1796년 책으로 출간되었다. 독일에서는 이미 1792년 『야코프와 그의 주인. 디드로의 미출판 유고에서*Jakob und sein Herr. Aus Diderots ungedrucktem Nachlass*』(2권)라는 제목으로 번역되어 출간되었다.

체적이고 본질적인 형식 혹은 표현 양식이라고 간주하기 때문입니다.

내가 생각하는 바는 이렇습니다. 시문학은 인간에게 아주 깊숙이 뿌리내리고 있어서 가장 불리한 상황에서도 계속해서, 때로는 제멋대로 자라납니다. 거의 모든 민족에게서 노래와 이야기들이 널리 퍼져 있고, 비록 조야할지라도 어떤 방식으로든 연극이 공연되고 있는 것을 우리가 지금 목도하고 있듯이, 심지어 상상력이 메마른 우리 시대에서도 원래 산문을 담당한 계층들, 즉 소위 학자나 지식인들 가운데 소수의 개인들은 보기 드물게 독창적인 상상력을 자기 안에서 감지하고 표현했습니다. 비록 그 때문에 그들이 원래의 예술로부터는 상당히 멀어졌지만 말입니다. 나는 스위프트[7]나 스턴식의 유머가 우리 시대 상류층의 자연시문학Naturpoesie이라고 생각합니다.

나는 이들을 저 위대한 대가들과 나란히 세울 생각은 전혀 없습니다. 그렇지만 이들이나 디드로에 대한 감각을 지닌 사람은 누구라도 그 천재적인 위트를, 즉 아리오스토, 세르반테스, 셰익스피어의 상상력을 이해하는 법을 아직 한 번도 거기까지 가보지도 못했던 다른 사람보다 더 잘 배울 수 있는 길에 서 있다는 것을 그대는 인정하게 될 것입니다. 이제 우리는 이 작품에 담겨 있는 지금 이 시대의 인간들에 대한 요구들을 너무 지나치게 과장해서는 안 될 것입니다. 그리고 그토록 병적인 상황

---

7 조너선 스위프트(Jonathan Swift, 1667~1745). 아일랜드 출신의 초기 계몽주의의 영국 작가이자 풍자가.

에서 자라난 것은 너무 당연하게도 병적이지 않을 수가 없습니다. 하지만 나는, 아라베스크가 예술작품이 아니라 자연적 산물Naturprodukt인 한에 있어서 이러한 상황을 오히려 장점으로 간주합니다. 그러므로 리히터를 스턴보다 우위에 두는 이유 또한 리히터의 상상력이 훨씬 더 병적이며, 따라서 훨씬 더 기묘하고 환상적이기 때문입니다. 스턴을 다시 한번 읽어보세요. 그대가 스턴을 읽지 않은지는 오래 되었습니다. 내 생각으로는 이전과는 약간 다르게 다가올 것입니다. 그러고 나서 우리의 독일인[리히터]을 어쨌든 그와 비교해보십시오. 리히터는 정말이지 위트가 더 많습니다. 적어도 그를 위트 있다고 보는 사람에게는 말이죠. 왜냐하면 리히터 자신도 위트를 남발하다 가볍게 잘못하기도 하니까요. 그리고 이런 장점을 통해서 그의 감성마저도 영국적 감수성의 영역을 능가해 나타납니다.

그로테스크한 것에 관한 이러한 감각을 우리 안에서 기르고 이러한 상태를 유지해야 하는 또하나의 외적인 근거가 있습니다. 요즘과 같은 책의 시대에는 수많은, 정말 수많은 형편없는 책을 들춰보기라도 해야 하고 심지어 읽어봐야 합니다. 이런 책들 중 몇몇 책은 다행스럽게도 늘 하찮은 종류의 것이죠. 이는 얼마간 확신을 갖고 믿어도 좋습니다. 그렇다면 우리에게 실제로 중요한 것은, 그것들을 재치 있는 자연적 산물로 간주하면서 재밌게 생각하는 것뿐입니다. 사랑하는 친구여, 라퓨타Laputa[8]는 어디에도

---

8 스위프트의 소설 『걸리버 여행기』(1726)에 나오는 하늘을 떠다니는 상상의 섬나라.

없거나 어디에나 있습니다. 다만 중요한 것은 우리의 자의와 우리의 환상을 작동시키는 행위이며, 그렇게 되면 우리는 그 한가운데 있는 것입니다. 우둔함이 일정 정도의 수준에 다다르면, 그것은 외적으로도 바보 같은 모습과 비슷해집니다. 모든 것이 보다 예리하게 구별되는 지금 우리는 우둔함이 대체로 그 수준에 도달한 것을 목도하고 있습니다. 그리고 그대도 인정하겠지만, 이 바보 같음이야말로 인간이 상상할 수 있는 가장 유쾌한 것이며, 모든 재미있는 것에 고유한 궁극적인 원칙입니다. 이러한 기분으로 나는 전혀 그럴 것 같지 않은 책들을 읽다가 혼자서 종종 폭소를 터뜨리고 그칠 줄 몰라 합니다. 그리고 자연이 나에게 이러한 대체물을 주는 것은 공정한 처사입니다. 왜냐하면 요즘 위트나 풍자라 불리는 많은 것에 대해 나는 전혀 같이 웃을 수가 없기 때문입니다. 이와는 반대로 현학적인 신문들은 이제 내게 예컨대 익살극이 되어가고 있습니다. 일반 신문이라고 자처하는 그 신문[9]을 나는 빈Wien의 사람들이 어릿광대를 다루듯 아주 줄기차게 구독하고 있습니다. 나의 입장에서 보면, 그 신문은 모든 신문 중 가장 다채롭기 짝이 없을 뿐 아니라 어떠한 측면에서도 비할 데 없는 신문입니다. 왜냐하면 이 신문은 하찮은 수준에서 어느 정도 진부함으로 빠져들더니, 또 여기서 더 나아가 일종의 둔감함으로 넘어가버리고 난 후, 마지막에는 그 둔감함의

---

[9] 1795년 예나에서 창간된 『알게마이네 문학-신문(Allgemeine Literatur-Zeitung)』을 암시한다. 신문 제목에 있는 'allgemein'이라는 단어는 '보편적인' '일반적인'이라는 사전적 의미를 갖는다.

길에서 결국 바보 같은 우둔함으로 전락했기 때문이지요.

이런 이야기는 대체로 그대에겐 이미 너무 현학적인 즐거움일 테지요. 하지만 그대가 유감스럽게도 그만둘 수 없는 일을 새로운 각오로 하고자 한다면, 나는 하인이 도서관에서 책을 한아름 빌려와도 더이상 그를 나무라지 않겠습니다. 아니 이런 필요가 있을 때마다 나 스스로 그대의 사환을 자청하여 문학의 모든 분야에서 선정한 가장 아름다운 희극들을 얼마든지 그대에게 보내드릴 것을 약속합니다.

하던 이야기로 돌아가겠습니다. 나는 하나도 놓치지 않고 그대의 주장들을 한 걸음 한 걸음 따라갈 작정이니까요.

그대는 장 파울[10]도 감성적sentimental이라며 거의 모욕적인 방식으로 혹평했지요.

내가 이해하는 감성적이라는 말의 의미에서라면, 그리고 그것의 기원과 본성에 따라 그렇게 받아들일 수밖에 없다고 여기는 의미에서라면, 그는 감성적일 것입니다. 왜냐하면 나의 견해와 나의 언어사용법에 따르면, 감성적 소재를 환상적 형식으로 우리에게 서술하는 것이 바로 낭만적인 것이기 때문입니다.

감성적인 것이라는 말에 담겨 있는 저 일상적이고 악의적인 의미를 한순간만이라도 잊어보세요. 사람들은 이런 이름을 붙여서 무미건조한 방식으로 감동적이고 눈물을 자아내는 것을 비롯해서, 평범한 사람들이 이 감정을 의식할 때 정말 말할 수 없

---

10 프리드리히 리히터의 필명.

이 행복하고 위대하다고 느끼는 그런 친밀하고 고결한 감정들로 가득찬 거의 모든 것을 이해합니다.

여기서 차라리 페트라르카나 타소[11]를 생각해보세요. 이들의 시는 아리오스토의 한층 더 환상적인 로만초와는 반대로 아마도 감성적이라고 칭할 수 있을 겁니다. 그리고 이 경우에서만큼 감성적인 것과의 대립이 그토록 명확하고 그것의 우월함이 그토록 분명한 다른 어떤 사례가 당장 기억나지는 않는군요.

타소는 한층 더 음악적이며, 아리오스토에게서 볼 수 있는 그림 같은 생생함도 물론 아주 형편없지는 않습니다. 회화는 베네치아 학파[12]의 많은 거장들에서처럼 더이상 환상적이지 않습니다. 나의 느낌을 신뢰한다면, 그들의 위대한 시기가 오기 전의 코레조[13]에게서도, 그리고 어쩌면 라파엘[14]의 아라베스크 장식 문양에서도 마찬가지입니다. 이와 달리 근대 음악은, 그 속에서 지배하고 있는 인간의 힘과 관련해서는, 자신의 성격에 전체적으로 매우 충실해서 나는 거리낌없이 음악을 감성적 예술이라고 부르고 싶습니다.

그렇다면 이 감성적이라는 것은 무엇일까요? 그것은 감정이 지배하는 곳에서 우리를 사로잡는 것인데, 보다 정확히 말하자

---

11 타소(Torquato Tasso, 1544~1595). 반(反)종교개혁 시기에 활동했던 이탈리아 시인. 대표작으로는 1차 십자군 전쟁을 소재로 한 운문서사시 『해방된 예루살렘』이 있다.

12 15세기 후반에서 16세기에 베네치아 지역을 중심으로 형성된 미술가들을 일컫는다. 대표적 예술가로는 조반니 벨리니(Giovanni Bellini), 티치아노(Tiziano) 등이 있으며 감각적이고 화려한 색채와 탁월한 명암 사용법으로 특징지을 수 있다.

13 코레조(Antonio da Correggio, 1489~1534). 이탈리아 르네상스 화가.

14 라파엘(Santi Raffaello Raphael, 1483~1520). 이탈리아 르네상스 화가이자 건축가.

면 감각적 감정이 아니라 정신적 감정입니다. 이러한 모든 동요의 근원이자 영혼은 사랑이며, 사랑의 정신은 낭만적 시문학 어디에서나 보이지 않는 듯 보이게 부유하고 있음에 틀림없습니다. 이것이 감성적인 것에 대한 정의입니다. 디드로가 『운명론자 자크』에서 아주 익살스럽게 불평하는 것처럼, 격언시에서 비극에 이르기까지 근대의 시문학작품들 어디에서도 지나칠 수 없는 점잖은 정열들은 이 경우 바로 가장 덜 감성적인 것입니다. 오히려 이 정열들은 사랑의 정신의 외형적 문자가 결코 아니며, 경우에 따라서는 심지어 아무것도 아니거나 전혀 사랑스럽지 않은 사랑 없는 어떤 것입니다. 그렇습니다, 감성적인 것은 우리를 음악의 울림으로 어루만지는 성스러운 숨결입니다. 이 숨결은 억지로 움켜잡을 수도 자동적으로 파악할 수도 없지만, 사멸하는 아름다움에 의해 부드럽게 유혹되어 그 아름다움 속으로 모습을 감출 수는 있습니다. 그리고 이것의 힘은 시문학의 마법 같은 언어들 속으로 뚫고 들어와 혼을 불어넣을 수도 있습니다. 하지만 그 어디에도 이 숨결이 없는 시, 혹은 그 어디에도 없을 것 같은 시, 그런 시에는 전혀 존재하지 않습니다. 그것은 무한한 존재이며, 결코 인물, 사건과 상황, 개별적 성향 들에만 매달리고 달라붙어 관심을 보이지 않습니다. 진정한 시인에게는 이 모든 것이 아무리 자신의 영혼을 긴밀하게 에워싸고 있다 하더라도, 그것은 보다 높은 것, 무한한 것에 대한 암시에 지나지 않으며, 하나의 영원한 사랑과 형성해가는 자연의 성스러운 생명의 충만함에 대한 상형문자인 것입니다.

오직 상상력만이 이 사랑의 수수께끼를 파악하여 수수께끼로 표현할 수 있습니다. 그리고 이러한 수수께끼 같은 것이야말로 모든 시문학적 표현의 형식 속에 깃든 상상적인 것의 원천입니다. 상상력은 온 힘을 다해 스스로를 드러내려고 애쓰지만, 신적인 것은 자연의 영역에서는 간접적으로만 전달되고 드러날 수 있습니다. 따라서 원래 상상이었던 것 가운데 현상들의 세계에 잔존殘存하는 것은 오로지 우리가 위트라고 부르는 것뿐입니다.

감성적인 것의 의미에는 한 가지가 더 있는데, 그것은 바로 낭만적 시문학이 고대의 시문학과는 대조적으로 갖고 있는 고유한 경향과 관련됩니다. 고대의 시문학에서는 가상과 진리, 유희와 진지함의 차이가 전혀 고려되지 않습니다. 여기에 커다란 차이가 있습니다. 고대의 시문학은 대체로 신화에 잇닿아 있으며, 더군다나 역사적인 소재를 기피합니다. 뿐만 아니라 고대 비극은 하나의 유희이며, 민족 전체와 심각하게 관련된 어떤 실제 사건을 묘사했던 시인은 처벌을 받기도 했습니다. 이와 달리 낭만적 시문학은 사람들이 알거나 생각하는 것 훨씬 이상으로 완전히 역사적 기반에 근거하고 있습니다. 당신이 보게 될 어느 연극이든, 읽게 될 어떤 이야기든 거기에 어떤 기발한 책략이 들어 있다면, 다양하게 변형되었다 하더라도 실제 이야기가 깔려 있다고 거의 확신해도 괜찮습니다. 보카치오가 들려준 이야기는 대부분 정말 실제 이야기이며, 모든 낭만적 창작이 유래한 다른 근원들도 마찬가지입니다.

나는 고대적인 것과 낭만적인 것 사이의 대립이 갖는 한 가지 분명한 특징을 제시했습니다. 하지만 그렇다고 곧바로 낭만적인 것과 근대적인 것이 내겐 완전히 같은 것이라고 여기지 말아주길 부탁합니다. 나는 가령 라파엘과 코레조의 회화들이 지금 유행하고 있는 동판화들과 서로 다른 만큼, 낭만적인 것과 근대적인 것 또한 그렇다고 생각합니다. 그 차이를 완전히 명확하게 알고자 한다면, 가령 『에밀리아 갈로티*Emilia Galotti*』[15]를 제발 읽어보세요. 이것은 말로 표현할 수 없을 정도로 근대적이면서도 조금도 낭만적이지 않습니다. 그다음에는 셰익스피어를 생각해보세요. 나는 셰익스피어를 낭만적 상상력의 씨앗인 그 실제적 중심으로 지정하고 싶습니다. 내가 낭만적인 것을 찾고 발견하는 곳은 바로 셰익스피어와 세르반테스 같은 이전의 근대인들이며 이탈리아 시문학이고, 낭만적인 것과 그 말 자체가 유래하는 기사와 사랑과 동화의 [중세] 시대에서입니다. 이 낭만적인 것이 지금까지 고대의 고전적 시문학과 대조될 수 있는 유일한 것입니다. 오직 이 영원히 싱싱한 상상력의 꽃들만이 고대의 신들의 형상을 화환으로 둘러 장식하기에 어울리는 것이지요. 그리고 확실한 것은, 근대 시문학의 가장 탁월한 모든 것은 정신이나 심지어 방식에 있어서도 고대로 기우는 경향이 있다는 점입니다. 결국에는 고대로의 귀환이 있어야 할 것입니다. 우리의 [근대] 시문학이 소설과 함께 시작되었던 것처럼, 그리스인들의 시문학은

---

15 독일 계몽주의 작가 레싱(Gotthold Ephraim Lessing, 1729~1781)이 1772년 발표한 시민 비극으로서 사랑을 주제로 다루고 있지만 귀족 사회에 대한 비판적 지점은 정치적 드라마로 읽히기에 충분하다.

서사시로 시작했다가 다시 그 속에서 소멸했습니다.

다만 차이가 있다면, 낭만적인 것은 하나의 장르라기보다는 시문학의 한 요소라는 점입니다. 이 요소는 다소 우세하거나 혹은 후퇴하기도 하지만 결코 완전히 결여되어서는 안 됩니다. 어떤 이유에서 내가 모든 시문학은 낭만적이어야 한다고 요구하는지, 하지만 소설은 그것이 하나의 특별한 장르이고자 하는 한 몹시 싫어하는지, 나의 견해가 그대에게 틀림없이 분명해졌을 것입니다.

어제 논쟁이 몹시 격렬해졌을 때, 그대는 소설이란 무엇인지 정의를 내리라고 요구했습니다. 어떤 만족스러운 대답도 얻지 못할 것임을 이미 알고 있는 듯한 말투로요. 나는 이 문제를 해결할 수 없는 것으로 보지는 않습니다. 소설은 한 권의 낭만적인 책입니다. 그대는 이 말을 아무 내용도 없는 동어반복이라고 넘겨버리겠지요. 그렇지만 나는 그대에게 사람들은 한 권의 책에서 이미 한 작품을, 그 자체로 존재하는 전체를 생각한다는 사실만을 먼저 환기시키고자 합니다. 그다음으로는 희곡과 아주 중요한 대조점이 있는데, 희곡은 보여지도록 규정되어 있는 반면 소설은 아주 오래전부터 읽기 위한 것으로 정해져 있었다는 점입니다. 이러한 사실로부터 두 형식의 서술 방식에 있어서 거의 모든 차이점들이 도출될 수 있습니다. 희곡 역시 모든 시문학과 마찬가지로 낭만적이어야 합니다. 하지만 어떤 소설은 특정한 제한들에서만 그렇습니다. 즉 응용된 소설ein angewandter Roman인 것이지요. 이야기의 드라마적 연관성이 거꾸로 그 소설을 전체로,

작품으로 만드는 것은 결코 아닙니다. 소설이 종종 무시하거나 무시해도 괜찮은 그런 문자의 통일성보다 더 높은 차원의 통일성과 전체적 구성이 맺는 관계를 통해서, 이념들의 결속을 통해서, 하나의 정신적 중심점을 통해서 전체나 작품이 되지 못한다면 말이지요.

이러한 점을 제외한다면, 그 이외에는 드라마와 소설 사이에 대립은 거의 일어나지 않아서, 오히려 드라마가 가령 셰익스피어의 경우에서처럼 그렇게 철저하게 그리고 역사적으로 다루어진다면 소설의 진정한 토대가 됩니다. 그대는 소설이 서사 장르, 그러니까 서사시 장르와 가장 많이 유사성을 가진다고 주장했습니다. 이와 반대로 나는 한 곡의 노래도 한 편의 이야기만큼이나 낭만적일 수 있다는 점을 우선 지적하겠습니다. 그렇습니다. 나는 소설이란 이야기와 노래와 다른 형식들이 섞여 있는 것 말고는 달리 생각할 수 없습니다. 세르반테스도 결코 다른 방식으로 창작하지 않았으며, 보통은 매우 산문적인 보카치오마저 자신의 문집을 노래들로 테를 둘러 장식했습니다. 만약 그렇지 않거나 그럴 수 없는 어떤 소설이 있다면, 그것은 오로지 그 작품의 개별적 특성 때문이지 장르의 성격 탓이 아니며, 이미 이 소설 장르에서 제외되는 것입니다. 그러나 이런 이야기는 그냥 지나가면서 하는 것이고, 원래 하려던 나의 반론은 다음과 같습니다. 자기 기분의 영향들이 조금도 눈에 띄지 않는 경우보다 더 서사적 문체와 상반되는 것은 없습니다. 그런데 하물며 가장 탁월한 소설들에서처럼 그렇게 자신의 유머에 몸을 맡기고 그것과 유희할 수 있겠습니까.

　나중에 그대는 자신의 논지를 다시 잊어버렸거나 포기했는지 이렇게 주장했습니다. 이러한 모든 분류는 아무런 소용이 없다. 오직 하나의 시문학이 있을 뿐이다. 그리고 중요한 것은 다만 어떤 것이 아름다운지 그렇지 않은지다. 세세한 일에 얽매이는 사람이나 항목들을 따질 수 있는 것이다. 그대는 내가 통용되고 있는 분류법을 어떻게 생각하는지 알고 있습니다. 그런데 나는 [시문학의] 모든 대가들에게 정말로 필요한 것은 자기 자신을 아주 특정한 어떤 목적에 제한시키는 일이라는 것을 깨닫게 되었습니다. 그리고 나는 역사적인 탐구를 하면서 더이상 서로 용해될 수 없는 여러 근원적 형식들에 도달하게 되었습니다. 그래서 내가 보기에 낭만적 시문학의 영역에서는, 예컨대 노벨레와 동화조차도, 이렇게 말해도 된다면, 무한히 서로 대립되어 있는 것 같습니다. 그래서 내가 유일하게 바라는 것은, 예술가가 이러한 모든 장르를 각각의 근원적인 특징으로 소급시킴으로써 이것들을 혁신했으면 하는 것입니다.

　만약 그러한 사례들이 나타나게 된다면, 나는 **소설의 이론**을 구상할 용기를 얻게 될 것입니다. 신적인 이미지들의 의미심장한 유희는 흥겨운 기쁨으로 바라보는 것이 어울리는 것처럼, 이 이론은 이 단어의 본래적 의미에서,[16] 즉 고요하고 청랑한 심성 전체로 대상을 정신적으로 관조한다는 의미에서 하나의 이론이

16　'Theorie(이론)'는 학문적이고 정신적인 관조, 숙고, 통찰의 의미를 갖는 그리스어 'theōría'에서 유래한다.

될 겁니다. 그러한 소설의 이론은 그 자체로 한 편의 소설이어야 할 것입니다. 상상력의 모든 영원한 울림을 환상적으로 반영하고, 기사 세계의 카오스를 다시 한번 흐트러뜨리는 그런 소설 말입니다. 거기서 과거의 존재들은 새로운 형상으로 살게 될 것이고, 거기서 단테의 성스러운 그림자는 지하 세계에서 일어나 나올 것이고, [페트라르카의] 라우라는 천상적인 모습으로 우리 앞에서 거닐 것이며, 그리고 셰익스피어는 세르반테스와 함께 친밀한 대화를 주고받을 것이며, 거기서 산초는 다시 돈 키호테와 농담을 주고 받을 것입니다.

이것이 진정한 아라베스크일 것입니다. 그리고 이런 아라베스크야말로 고백록과 함께 우리 시대의 유일하게 낭만적인 자연적 산물이라고 이 편지의 서두에서 제가 주장했습니다.

내가 거기에 고백록도 포함시키는 것이 더이상 의아하지 않을 것입니다. 그대가 실제 이야기가 모든 낭만적 시문학의 토대라는 것을 인정했다면 말이지요. 그리고 이에 관해서 그대가 곰곰이 생각해보면, 당신은 가장 훌륭한 소설들 중 최고의 것은 다름아닌 바로 어느 정도 자신을 숨기고 있는 저자의 자기 고백이라는 것을 쉽게 생각해내고 확신할 것입니다. 그것은 자기 경험에서 거두어들인 수확이요, 자신이 지닌 고유함의 정수니까요.

물론 낭만적 형식에 대한 나의 생각을 소위 소설이라 불리는 모든 소설에 적용할 수는 없겠지만, 이런 소설들을 나는 거기에 담겨 있는 고유한 직관과 서술된 삶의 양에 따라 아주 정확하게 평가하고 있습니다. 그리고 이런 관점에서 리처드슨[17]의 계승자들마저, 비록 그들이 아무리 잘못된 길을 걷고 있다 할지라도 환영하는 바입니다.『세실리아 비벌리*Cecilia Beverly*』[18]로부터 우리는 적어도 그 당시 유행이던 권태로움이 런던에서는 어떠했는지, 또한 어떻게 영국의 한 귀부인이 섬세한 성정性情으로 인해 결국 무너져서 처참하게 몰락하는지 알게 됩니다. 악담 퍼붓기나 대지주들의 모습이나 그와 같은 것은 필딩의 소설에서는 삶에서 그대로 훔쳐온 것이며,『웨이크필드*Wakefield*』[19]는 우리에게 어느 시골 목사가 지닌 세계관에 대한 깊은 통찰을 제공합니다. [목사의 장녀] 올리비아가 자신의 잃어버린 순결함을 마지막에서 되찾게 되더라면, 이 소설은 아마도 모든 영국 소설들 중 최고의 소설일 겁니다.

하지만 이 모든 책들에서는 그 근소한 현실성조차 얼마나 인색하게 조금씩 나누어주는지 모릅니다! 그러니 어떤 여행기가, 어떤 서간 모음집이, 어떤 자서전이 이것들을 낭만적 의미에서 읽는 사람에게는 영국 소설들 중 최고의 것보다 더 훌륭한 소설이지 않을 수가 있겠습니까?

특히 고백록은 주로 소박함을 경유하여 저절로 아라베스크에

---

17 새뮤얼 리처드슨(Samuel Richardson, 1689~1761). 영국 소설가. 인물들의 탁월한 심리 묘사로 도덕적 내용을 주로 다루고 있으며, 특히 서간소설『파멜라』와『클라리사 할로』는 소설 형식 측면에서 영국 근대 소설이 확립되는 데 커다란 영향을 끼쳤다.
18 영국의 작가 프랜시스 버니(Frances Burney, 1752~1840)의 소설『세실리아 혹은 어느 상속녀의 회고록*Cecilia, or Memoris of an Heiress*』(1782). 세실리아 비벌리는 이 소설의 여주인공이다.
19 영국의 작가 올리버 골드스미스(Oliver Goldsmith, 1728~1774)의 소설『웨이크필드의 목사*The Vicar of Wakefield*』(1766).

이르게 됩니다. 위의 [영국] 소설들은 기껏해야 결말에 가서야 아라베스크로 넘어가는데, 그것도 파산한 상인들이 다시 돈과 신용을 얻게 되고, 모든 가난뱅이들이 먹을 것을 얻게 되고, 호감을 끄는 사기꾼들이 정직해지고, 타락한 소녀들이 다시 고결해지는 경우에 그렇습니다.

루소[20]의 『고백록Les Confessions』은 내가 보기에 가장 탁월한 소설입니다. 『신 엘로이즈Julie ou la Nouvelle Héloïse』는 그저 매우 평범한 소설에 불과합니다.

나는 그대에게 여기 어느 유명한 인물의 자서전을 보냅니다. 내가 아는 한 당신은 이 책을 모를 것입니다. 기번의 회고록[21]이지요. 이것은 한없이 교양 있는 책이면서 한없이 익살스러운 책입니다. 전적으로 마음에 들지는 않을 것입니다. 그리고 사실 그 안에 담겨 있는 그 재미난 소설은 거의 완성되어 있습니다. 그대는 영국인이자 신사이며 대가이자 학자이며 중년의 독신자이자 기품 있는 인물이 이 역사적 시기들의 위엄을 관통하면서 아주 우아한 우스꽝스러움으로 나타나는 것을 그대가 원하는 만큼 아주 명확하게 눈앞에서 보게 될 것입니다. 그토록 많은 웃음의

---

20 장-자크 루소(Jean-Jacques Rousseau, 1712~1778). 스위스 제네바 출신으로 프랑스에서 활동한 계몽주의 사상가이자 문필가. 당대 사회에 커다란 영향을 끼친 『사회계약론』 『에밀』 『인간 불평등 기원론』 등을 발표했으며, 서간소설 『신 엘로이즈』를 비롯해서 『고백록』 『고독한 산책자의 몽상』 등 자전적 글들을 썼다.

21 에드워드 기번(Edward Gibbon, 1737~1794). 영국의 역사가. 『로마 제국 쇠망사』의 저자. 여기서 언급된 회고록은 1796년 기번의 친구인 셰필드 경(John Lord Sheffield)이 기번의 자서전적 저술들을 편집하여 출간한 『나의 삶과 저술의 회고록 Memoirs of My Life and Writings』으로서 현대적 의미에서의 최초의 자서전으로 평가받고 있다.

소재가 무더기로 모여 있는 것을 발견하기에 앞서 틀림없이 사
람들은 많은 형편없는 책들과 많은 하찮은 인간들을 두루 겪을
것입니다.[22]

●

안토니오가 이 편지를 낭독하고 나자, 카밀라가 여성들의 미
덕과 관용에 찬사를 늘어놓기 시작했다. 아말리아가 그런 정도
의 충고를 받아들이는 것을 하찮게 여기지 않았으며, 그리고 일
반적으로 여성들은 남성들의 심각함에 직면해서도 항상 인내심
을 유지하며, 더군다나 변함없이 진지하다는 점에서, 심지어 그
들의 예술적 본성에 대한 어느 정도의 믿음조차 지니고 있을 것
이라는 점에서 겸손의 표본이라는 것이다. "그대가 겸손이라는
말로 그런 믿음을 이해한다면", 로타리오가 끼어들면서 말했다.
"즉 우리 [남성들] 자신이 아직 소유하고 있는 것은 아니지만 그
것의 존재와 가치를 헤아리기 시작하는 어떤 탁월함을 가정하
는 것이라면, 겸손은 아마도 뛰어난 여성들을 위한 모든 고귀한
교양의 가장 확실한 토대가 될 것입니다." 카밀라는 그것이 남
성들에게는 가령 자부심이나 자기만족이 아니냐고 물었다. 왜냐
하면 모든 남성은 대부분 다른 사람이 원하는 것이 무엇인지 이
해할 수 있는 능력이 부족할수록 자기 자신을 그만큼 더 특별하

---

22 잡지 『아테네움』 제3권 1호에 실렸던 이 글은 여기서 "다음 호에 계속"이라는 짧은
언급과 함께 끝나고, 이어지는 글은 제3권 2호에 실렸다.

게 여기기 때문이라는 것이다. 안토니오가 카밀라의 말을 중단
시키며 자신이 바라는 것은 인류의 최선인데, 저 믿음은 로타리
오가 생각하는 것만큼 그렇게 필요한 것은 아니라는 의견을 표
명했다. 저 믿음이야말로 매우 드문 것이기 때문이라는 것이다.
"대개 여성들은", 안토니오가 말했다. "내가 관찰할 수 있었던 바
에 따르면 예술, 고대, 철학과 그 밖의 그러한 것들을 근거 없는
전통들로, 남성들이 시간을 보내기 위해서 자기들끼리 서로 믿
게 만드는 선입견으로 받아들이더군요."

　마르쿠스가 괴테에 관한 몇 가지 논평을 하겠다고 알렸다.
"아니, 현재 살아 있는 시인의 특성을 다시금 논하겠다고요?" 안
토니오가 물었다. "그대는 그 책망에 대한 답변을 이 논문에서
직접 발견하게 될 겁니다." 마르쿠스는 대답하고 글을 읽기 시작
했다.

○

괴테의 초기 및 후기 작품에서의
상이한 양식에 관한 시론

괴테의 보편성을 내가 자주 새롭게 확인한 것은, 그의 작품들이 시인과 시문학의 친구들에게 영향을 끼치는 다양한 방식을 알게 되었을 때다. 어떤 사람은 『이피게니에』[1]나 『타소』[2]에 담긴 이상주의적인 것을 갈망하고, 다른 사람은 소박한 노래들과 매혹적인 촌극Dramolett들이 보여주는 가볍지만 독특한 방식을 자신의 것으로 만든다. 후자는 『헤르만과 도로테아Herrmann und Dorothea』[3]의 아름답고 소박한 형식에서 즐거움을 느끼고, 전자

---

1 에우리피데스의 비극 『타우리케의 이피게네이아』를 토대로 괴테가 1779년 산문으로 집필했다가 이탈리아 여행 기간 중 운문으로 개작한 드라마 『타우리스의 이피게니에Iphigenie auf Tauris』(1787).

2 이탈리아 르네상스를 대표하는 시인 토르콰토 타소를 주인공으로 한 희곡 『토르콰토 타소Torquato Tasso』(1790).

3 1797년 발표한 운문서사시로 전원적 삶을 노래하고 있으며, 9개의 각 노래마다 그리스신화의 아홉 명의 뮤즈의 이름이 붙어 있다.

는『파우스트』[4]의 열정에 완전히 압도당한다. 나에게는『빌헬름 마이스터』[5]가 괴테의 다방면에 걸친 영역 전체를, 이를테면 하나의 중심점에서 결집시키는 것처럼, 어느 정도 개관하기에 가장 이해하기 수월한 총체적 성격의 작품이다.

이 시인은 자신의 독자적 취향을 따라갈 것이며, 애호가들에게도 이런 점은 한동안 너그럽게 받아들여질 수 있다. 하지만 전문가라면, 그리고 인식에 이르려는 자라면 시인 자체를 이해하려는, 즉 그의 정신의 역사를 가능한 한 규명하려는 수고를 아끼지 않아야 한다. 이것은 물론 단지 하나의 시도에 그칠수도 있다. 왜냐하면 예술사에서 일군의 것은 다른 일군의 것을 통해서만 더 많이 설명되고 해명되기 때문이다. 어떤 한 부분을 그 자체로 이해하는 것은 가능하지 않다. 즉 그것을 개별적으로만 살펴보려는 것은 어리석은 짓이다. 그런데 전체는 아직 완결되지 않았다. 따라서 이런 종류의 지식은 모두 단지 근삿값이며 어디까지나 불완전한 것이다. 그럼에도 이러한 근삿값, 이러한 불완전한 것이 예술가가 성장하는 데 본질적인 요소라면, 우리는 그러한 지식을 향한 노력을 완전히 포기해서도 안 되고 그럴수도 없다.

이러한 불가피한 미완성성은 아직 자신의 이력이 끝나지 않

---

4 괴테의 대작『파우스트. 하나의 비극*Faust. Eine Tragödie*』의 제1부는 1808년에, 제2부는 1832년 괴테의 사후에 비로소 출간된 점을 고려하면, 여기서 언급하고 있는 작품은 1790년에 발표된『파우스트. 단편*Faust. Ein Fragment*』이다.
5 교양소설(Bildungsroman)의 전형으로 평가받는 괴테의 소설『빌헬름 마이스터의 수업시대*Wilhelm Meisters Lehrjahre*』(1796).

은 어느 한 시인을 살펴볼 때 그만큼 더 많이 나타날 수밖에 없다. 그렇지만 이것이 그러한 시도 전체를 반대하는 이유는 전혀 되지 못한다. 우리는 동시대의 예술가도 예술가로서 이해하려고 노력해야 하며, 이것은 오직 앞서 언급한 그 방식으로만 행해질 수 있다. 그리고 그렇게 하려면, 우리는 동시대의 예술가를 마치 그가 고대인인 것처럼 그렇게 평가해야 한다. 즉 그는 평가의 순간에는 우리에게, 말하자면 고대인이 되어야 한다. 그리고 수많은 군중들의 몰이해가 우리의 성실한 연구 결과를 자신들의 낡은 방식에 따라 다양한 방식으로 왜곡할 것이라는 점을 우리가 알고 있다는 이유를 들어 이러한 성과를 전달하려 하지 않는다면, 이는 적절하지 않다. 오히려 우리는 우리와 다름없이 진지하게 자신들이 옳다고 믿고 있는 것에 관한 철저한 인식을 개별적으로 추구하는 사람들이 많다는 것을 전제로 해야 한다.

여러분은 여기 이 괴테의 경우에서만큼 한 작가의 초기작과 후기작이 두드러지게 상이한 다른 어떤 작가를 쉽게 찾지 못할 것이다. 청년기적 열광의 모든 격렬함과 완성된 교양의 원숙함이 가장 첨예하게 서로 대립하고 있다. 그런데 이러한 상이함은 단지 견해와 신념에서만 나타나는 것이 아니라 서술 방식과 형식에서도 나타난다. 그리고 이러한 예술적 특징으로 인해 이 차이는 일부는 회화에서 어느 한 대가의 다양한 화풍으로 이해하는 것과 유사하고, 일부는 우리가 고대의 예술과 시문학의 역사에서 보게 되는, 변형과 변모를 통해 전진해나가는 발전 단계와 유사하다.

이 시인의 작품과 어느 정도 친숙하고, 저 뚜렷한 두가지 극단적 특징에 주목하며 작품에 대해 깊이 생각하는 사람이라면, 저 두 시기 사이의 중간 시기도 수월하게 알아차릴 수 있을 것이다. 이 세 시기를 일반적으로 특징짓는 일은 불명확한 이미지만 제시하게 될 것이므로, 그 대신 차라리 충분히 숙고한 결과에 의거하여 시인의 각 시기별 특징을 가장 잘 대표하고 있는 것으로 여겨지는 작품들을 언급하고자 한다.

첫번째 시기를 대표하는 작품으로는『괴츠 폰 베를리힝겐*Götz von Berlichingen*』[6]을, 두번째 시기에는『타소』를, 세번째 시기에는『헤르만과 도로테아』를 들 수 있다. 세 작품 모두 각 시기의 다른 많은 작품들보다 가장 완전한 의미에서의 객관성을 더 많이, 그리고 더 높은 수준으로 갖추고 있다.

나는 이 세 시기를 이 예술가의 다양한 양식과 관련해서 간략하게 검토하고, 이를 위하여 나머지 작품들에 관한 몇 가지 설명을 덧붙이겠다.

『베르테르』[7]에서는 서술에 있어서 모든 우연적 요소와의 엄격한 분리가 그것의 목적과 본질적인 것을 직접적이고 확고하게 겨냥하고 있는데, 이를 통해 이 미래의 예술가를 예고하고 있다. 이 소설은 감탄할 만한 세부적인 사항들을 갖고 있다. 그렇지만 내가 보기에, 전체적으로『괴츠』에서 중세 독일 시대의 용감한 기사들이 우리 눈앞에 밀려올 때 드러나는 그 활력, 그리고 바

---

6 1773년 괴테가 익명으로 발표한 질풍노도 시기의 대표적 희곡.
7 1774년 발표한 서간소설『젊은 베르테르의 슬픔*Die Leiden des jungen Werthers*』.

로 관습적 형식에서 벗어남으로 인해 부분적으로나마 다시 형식이 되는 무형식성이 지나칠 정도로 관철될 때 발산되는 그 활력에는 훨씬 미치지 못하는 것 같다.[8] 이를 통해 서술에 있어서의 기교적 특성도 어느 정도 매력을 얻게 되고, 작품 전체가 『베르테르』보다 훨씬 덜 시대에 뒤떨어져 있다. 하지만 『베르테르』에서도 변함없이 신선하고, 주변의 둘러싼 것들로부터 유일하게 두드러지는 것이 한 가지 있다. 그것은 정적인 부분들뿐만 아니라 열정적인 부분들에서도 나타나는 자연에 대한 위대한 견해다. 이는 『파우스트』에 대한 암시들이며, 또한 이 시인의 이러한 감정적 토로에서 자연과학자의 진지함을 예견하는 것은 당연할 수밖에 없을 것이다.

나의 의도는 이 시인의 모든 작품을 분류하는 것이 아니라 그의 예술의 발전 단계에서 가장 의미 있는 계기들만을 제시하는 것이었다. 그래서 가령 『파우스트』를 남성적 시문학의 소박한 힘과 강력한 위트를 담아내는 데 매우 적합한 중세 독일적 형식 때문에, 또 비극적인 것에의 경향 때문에, 그리고 다른 흔적들과 친연성 때문에 첫번째 양식에 속하는 것으로 볼 것이냐 하는 문제는 여러분 각자의 판단에 맡기겠다. 그렇지만 확실한 것은, 이 위대한 미완성 작품은 위에서 언급한 세 작품처럼 단지 어느 한 시기의 특징만을 대표하는 것이 아니라 이 시인의 정신 전체를

---

8 5막으로 이루어진 『괴츠 폰 베를리힝겐』에는 총 59번에 달하는 장면 전환이 이루어지고 온갖 계층의 수많은 인물들이 등장한다. 전통적인 고전극의 규칙들을 깨뜨린 파격적이고 혁신적인 작품으로 대중과 지식인들로부터 열광적인 갈채를 받았다.

드러내고 있다는 점이다. 이러한 점은 『빌헬름 마이스터』에서 다른 방식으로 나타나는 것을 제외하고 이후로는 다시 찾아볼 수 없다. 이러한 관점에서 『빌헬름 마이스터』와 대조되는 것은 『파우스트』이다. 『파우스트』에 관해서는 그것이 인간의 시적 능력이 지금껏 만들어낸 가장 훌륭한 작품에 속한다는 것 말고는 여기서 그 이상 이야기할 수 없다.

『클라비고Clavigo』[9]를 비롯하여 상대적으로 덜 중요한 첫번째 양식의 다른 작품들에서 가장 주목할 점은, 이 시인이 이미 일찍부터 어떤 특정한 목적과 일단 선택한 어떤 대상을 제대로 다루기 위해 정확하고 면밀하게 제한을 가할 줄 알았다는 것이다.

나는 『이피게니에』를 첫번째 양식에서 두번째 양식으로 이행하는 과도기 작품으로 생각하고 싶다.

『타소』에서 특징적인 것은 성찰과 조화의 정신이다. 즉 모든 것이 조화로운 삶과 조화로운 교양의 이상과 관련되며, 부조화조차도 조화로운 분위기에서 유지된다. 너무나도 음악적인 본성의 심오한 부드러움이 근대에 들어 이처럼 의미심장한 철저함으로 묘사된 적이 아직 한 번도 없었다. 여기서는 모든 것이 반정립反正立과 음악이며, 작품의 시작과 끝에서 자기 자신의 아름다움에 스스로를 비추고 있는 듯한 고요한 그림 위로 더없이 우아한 사교적 분위기의 더없이 우아한 부드러운 미소가 감돈다. 여기에는 유연해진 어느 대가[10]의 무례함이 표현될 수밖에 없었고

---

9 1774년 괴테가 자신의 이름으로 발표한 첫 작품으로 5막 비극.

또 그래야 했겠지만, 그런 것들마저 시문학의 가장 아름다운 꽃들로 장식되어 나타나서 거의 사랑스러울 지경이다. 작품 전체는 신분 높은 계층의 인위적 관계들과 불화의 분위기에서 부유하고 있으며, 해결에 담긴 모호함은 오성과 자의만이 지배할 뿐 감정은 거의 침묵하고 있는 상황에서 기인할 뿐이다. 이 모든 특징들로 볼 때 나는 『에그몬트_Egmont_』[11]가 이 작품과 비슷하거나, 아니면 그것의 대응물이 될 정도로 대칭적인 방식으로 다르다고 생각한다. 에그몬트의 정신 역시도 우주의 거울이며, 다른 등장인물들은 이 빛의 반영일 뿐이다. 여기서도 아름다운 본성은 [차가운] 오성의 불변하는 힘에 굴복한다. 다만 『에그몬트』에서는 오성이 미묘하게 더 악의적으로 표현된 반면, 주인공 에그몬트의 이기심은 타소의 이기심보다 훨씬 더 고결하고 사랑스럽다. 불화는 이미 원래 타소 안에, 그가 느끼는 방식에 자리하고 있으며, 다른 인물들은 자기 자신과 일치하며 더 높은 영역으로부터 온 이방인, 즉 시인 타소에 의해서만 방해받을 뿐이다. 이와 반대로 『에그몬트』에서는 모든 불쾌한 소음은 주변 인물들에게 맡겨진다. 클레르헨의 운명은 우리의 마음을 찢어놓으며, 불협화음의 둔탁한 메아리에 지나지 않는 브라켄부르크의 탄식은 외면

---

10 고전주의적 경향으로 선회하게 된 결정적 계기라고 할 수 있는 이탈리아 체류 기간 중 괴테는 『타소』에 대한 구체적인 구상을 세우고 바이마르에 돌아와서야 집필 작업을 시작하여 1789년 8월에 완성했다.

11 1788년 발표한 5막 비극. 에스파냐에 맞서 네덜란드인의 저항이 시작된 브뤼셀을 배경으로 역사적 실존인물인 에그몬트 백작(Graf Lamoral von Egmond, 1522~1568)의 운명을 다루고 있다.

하고 싶을 정도다.[12] 그는 어쨌든 몰락하고, 클레르헨은 에그몬트 안에서 삶을 이어가고, 다른 인물들은 겨우 체면을 차릴 뿐이다. 에그몬트 혼자서 자기 자신 안에서 보다 고귀한 삶을 살고, 그의 영혼 속에서는 모든 것이 조화롭다. 고통조차 음악으로 녹아들고, 비극적 파국은 온화한 인상을 남긴다.

이 두 작품에 담겨 있는 것과 동일한 아름다운 정신이 『클라우디네 폰 빌라벨라*Claudine von Villabella*』[13]에서는 가장 가볍고 싱그러운 꽃들의 형상으로부터 숨결을 흘려보낸다. 이 시인은 이미 일찍이 루간티노라는 인물에서 어느 유쾌한 방랑자의 낭만적 삶을 사랑스럽게 묘사한 적이 있었는데, 여기서는 루간티노의 감각적인 매력이 상당히 특이한 변형을 통해 가장 정신적인 우아함으로 승화되고, 다소 거친 분위기로부터 [시문학이라는] 가장 순수한 천공으로 높이 솟아오른다.

이 시기에 연극무대를 위한 대부분의 구상과 습작들이 이루어진다. 교훈적 성격의 일련의 연출적 실험들도 이루어졌는데, 거기서는 예술적 처리 방식과 원리가 개별 작품의 성과보다 종종 더 중요하다. 『에그몬트』 역시 로마 시대를 다룬 셰익스피어의 희곡들에 관해 갖고 있는 이 시인의 이념에 따라 만들어진 것이다. 그리고 심지어 『타소』에서도 그는 철저하게 오성의 작품

12　클레르헨은 자신의 연인 에그몬트 백작에 대한 사형 선고 소식을 듣고 자살하며, 브라켄부르크는 클레르헨을 짝사랑하는 시민계급 출신의 청년이다.

13　1776년 발표한 징슈필(Singspiel). 노래가 있는 연극을 뜻하는 '징슈필'은 성악과 기악이 공존하는 무대극이지만 대화가 전개될 때에는 음악이 중단된다는 점에서 오페라와 차이점이 있다.

이라 할 수 있는 (드라마적 오성의 작품은 아닐지라도) 유일한 독일적 드라마, 즉 레싱의 『현자 나탄*Nathan der Weise*』[14]을 아마 먼저 생각했을 수 있다. 이러한 것보다 더 놀랄 만한 점은, 모든 예술가들이 끊임없이 연구하게 될 『빌헬름 마이스터』가 어떤 의미에서는, 실제적 생성 시기에 따르면, 아마도 엄격한 잣대 앞에서는 개별적으로는 작품으로도, 전체적으로는 하나의 장르로도 여겨지지 않을 소설들을 따라서 만들어진 한 편의 연구서ein Studium라는 사실일 것이다.

이것이 진정한 모방의 성격이다! 모방 없이는 어떠한 작품도 예술작품이기 어렵다. 예술가에게 모범이란 자신이 만들려는 것에 대한 생각을 한층 더 개별적인 방식으로 형상화하기 위한 자극이고 수단일 뿐이다. 괴테가 창작하는 방식, 즉 이념에 따라 창작한다는 것은, 플라톤이 이데아에 따라 살아야 한다고 요구하는 것과 동일한 의미이다.

『감상주의의 승리*Der Triumph der Empfindsamkeit*』[15] 역시 고치와는 상당히 다른데, 아이러니의 측면에서 보면 그를 훨씬 능가한다.

『빌헬름 마이스터』를 어느 시기에 위치시키는가의 문제는 여러분들에게 맡기겠다. 인위적인 사교성이나 오성의 우세적 형성은 두번째 양식의 지배적 분위기이지만 그렇다고 첫번째 양식을

---

14 레싱이 1779년 발표한 5막 드라마로서 '반지 우화'를 소재로 계몽주의적 인본주의와 관용을 주제로 다루고 있다.
15 1778년 1월에 바이마르에서 초연된 괴테의 짧은 6막 풍자극.

연상시키는 것이 없지는 않다. 그리고 배후의 어디서나 세번째 시기를 특징짓는 고전적 정신이 활발히 움직이고 있다.

이 고전적 정신은 단지 외적인 것에 있는 것이 아니다. 내가 잘못 생각한 것이 아니라면, 심지어 『여우 라이네케*Reineke Fuchs*』[16]에도 이 예술가가 그 오래된 소재에서 만들어낸 분위기의 독특함은 형식과 마찬가지로 동일한 경향을 띠고 있기 때문이다.

율격, 언어, 형식, 표현법들의 유사성, 견해들의 동일성, 더 나아가 대개 남국적인 색채와 의상, 고요하고 부드러운 정조, 고대적 문체, 성찰의 아이러니가 비가悲歌, 격언시, 서간문, 전원시를 하나의 무리로, 마치 시들로 이루어진 한 가족으로 만든다. 그것들을 하나의 전체로서 그리고 어떤 의미에서는 하나의 작품으로 간주하여 살펴보는 것이 좋을 것이다.

이러한 시들이 지닌 마법과 매혹 가운데 많은 것은, 거기에 표현되어 말하자면 전달되는 아름다운 개별성에 근거한다. 이 개별성은 고전적 형식을 통해 훨씬 더 매력적이 된다.

첫번째 양식의 창작물들에서는 주관적인 것과 객관적인 것이 완전히 섞여 있다. 두번째 시기의 작품들에서는 완성시켜가는 솜씨가 최고로 객관적이다. 하지만 이 작품들에서 정말로 흥미로운 것, 즉 조화와 성찰의 정신은 어떤 특정한 개별성과의 관련성을 드러낸다. 세번째 시기에서는 두 가지가 완전히 분리된다.

---

16 괴테가 고대 그리스 로마 이래로 잘 알려진 동명의 동물 우화의 여러 판본을 참조하여 12편의 노래로 구성된 운문서사시로 개작한 작품이며, 1794년 출간되었다.

그래서 『헤르만과 도로테아』는 철저히 객관적이다. 진실되고 진정한 것을 통해 이 작품은 정신적인 청년기로의 귀환으로, 즉 마지막 단계가 첫번째 단계에서 나타났던 활력과 온기와 다시 결합하는 것으로 보여질 수 있다. 그렇지만 자연성은 여기서 단지 자연스러운 감정의 토로가 아니라 외적 효과를 위한 대중성을 의도한 것이다. 이 [운문서사]시에서 나는 완전히 이상주의적 태도를 발견하는데, 다른 사람들은 이것을 오로지 『이피게니에』에서만 찾는다.

이 예술가의 발전 단계의 도식 속에서 그의 모든 작품을 정리하는 것이 나의 의도일 수는 없었다. 이 점을 하나의 예를 들어 보다 생생하게 설명하면, 가령 「프로메테우스Prometheus」[17]와 「헌사Zueignung」[18] 같은 시는 이 대가의 가장 훌륭한 작품들과 나란히 서 있기에 전혀 손색이 없어 보인다는 점만 언급하겠다. 누구나 이런저런 다양한 시들 중에서 흥미로운 것을 쉽게 좋아하기 마련이다. 하지만 지금 이 자리에서 표명된 훌륭한 신념들을 위해서는 보다 더 적절한 형식들을 바랄 수는 없다. 그리고 진정한 전문가라면 그런 작품 하나로부터도 모든 작품이 서 있는 높은 수준을 추측해낼 수 있어야 한다.

『빌헬름 마이스터』에 대해서만은 몇 마디 더 언급해야 할 것 같다. 세 가지 특성이 내겐 이 작품에서 가장 놀랍고 탁월한 특

---

17 질풍노도 시기의 대표적인 찬가(Hymn). 동명의 미완성 드라마 『프로메테우스』와 동시에 1772년에서 1774년 사이에 쓰였다.

18 미완성 서사시 「비밀들Die Geheimnisse」의 서곡으로 1784년 8월에 쓰인 시.

성으로 여겨진다. 첫째로, 여기서 나타나는 개별성은 다양한 광선들로 굴절되어 여러 등장인물 속에 분산되어 있다. 다음으로는 고대의 정신인데, 좀더 자세히 파고들면 근대의 베일 아래 어디서나 이를 재발견하게 된다. [고대와 근대의] 이러한 훌륭한 결합은 모든 시문학의 최고의 과제로 보이는 것, 즉 고전적인 것과 낭만적인 것의 조화에 대한 완전히 새롭고 무한한 전망을 열어준다. 세번째는, 나뉠 수 없는 이 하나의 작품은 어떤 의미에서는 동시에 두 겹의 이중적인 하나의 작품이라는 점이다. 이 작품이 두 번에 걸쳐, 즉 두 번의 창조적 계기에서, 두 개의 이념으로 만들어졌다고 말한다면, 내가 의미하는 바를 아마 가장 분명히 표현하는 것이다. 첫번째 이념은 단순히 예술가 소설이라는 이념이었다. 그런데 이제 그 작품이 [모든 것을 포괄하는 소설이라는] 그것의 장르적 경향과 뜻밖에 마주치면서 갑자기 애초의 의도보다 훨씬 더 커져버렸다. 그리고 삶의 기술이라는 교양 이론이 덧붙여졌으며, 그래서 전체의 정신이 되어버린 것이다. 이와 마찬가지 정도로 두드러지는 이중성은 낭만적 예술의 전 영역에서 가장 인위적이고 지적인 두 편의 예술작품인 『햄릿』과 『돈 키호테』에서나 볼 수 있다. 하지만 세르반테스와 셰익스피어는 각자 자신의 정점에 이르렀다가 거기로부터 결국은 실제로 약간 내리막길을 걸었다. 이들의 작품들은 그 각각이 하나의 새로운 개체이며 그것 자체로 하나의 장르를 만든다는 점에서 두 사람은 괴테가 지닌 보편성과 비교를 허용하는 유일한 작가들이기는 하다. 셰익스피어가 소재를 변형시키는 방식은 괴테가 어떤 형식의 이상을 다루는 방식과 다르지 않다. 세르반테스는 개별적 형식들도 모범으로 삼았었다. 다만 차이가 있다면, 괴테의 예술은 철저하게 점진적progressiv이다. 세르반테스와 셰익스피어의 시대가 그들에게 더 유리했을지라도, 그리고 그들이 어느 누구에게도 인정받지 못하고 홀로 남겨졌다는 사실이 그들의 위대함을 훼손시키지는 않았다 하더라도, 지금의 이 시대는 적어도 이러한 관점에서는 [괴테를 알아볼] 수단과 토대가 없지 않은 것이다.

자신의 긴 인생 여정에서 괴테는 산문과 잘못된 경향들로 어디서나 에워싸인 가운데 아직 거칠기도 하고 이미 잘못 형성된 시기에나 다만 가능하기 마련이던 첫 열정을 그렇게 분출하는 것에서 출발하여 예술의 한 정점에 올랐다. 즉 처음으로 고대와 근대의 시문학 전체를 포괄하고 영원한 진보의 씨앗을 품고 있는 그 경지에 이른 것이다.

지금 약동하는 정신 역시 이러한 방향을 따라야 한다. 그렇게 되면 우리는 창작하는 능력, 특히 이념에 따라 창작하는 능력을 지니게 될 사람들이 부족하지는 않을 것이라고 희망해도 좋을 것이다. 만일 그들이 괴테를 모범으로 삼아 모든 종류의 시도와 작품에서 지치지 않고 더 나은 것을 추구한다면, 아직도 아주 다양하게 적용될 수 있는 이 예술가의 보편적 경향과 진보적 준칙들을 자신의 것으로 만든다면, 괴테처럼 지성의 확실성을 재기 발랄함의 미광微光보다 선호한다면, [영원한 진보의] 그 씨앗은 사라지지 않을 것이며, 괴테는 세르반테스와 셰익스피어와 같은 운명을 갖지 않아도 될뿐더러, 단테가 다른 방식으로 중세에서 그러했던 것처럼, 괴테는 우리와 후세를 위해서 새로운 시문학의 창립자이자 주도자가 될 것이다.

●

안드레아 그대가 발표한 내용에서 시문학의 예술에 관한 모든 질문 중에서 내가 보기에 가장 중요한 것으로 여겨지는 것이 마침내 논의되어서 기쁩니다. 다시 말해 그것은 고대적인 것과 근대적인 것의 합일에 관한 문제이며, 어떤 조건에서 그것이 가능한지, 어느 정도까지 타당한지 하는 것이겠지요. 이 문제를 철저하게 다루어보도록 하지요!

루도비코 저는 제한들을 가하는 것에는 반대하고, 무조건적인 합일에 찬성하는 입장입니다. 시문학의 정신은 오로지 단 하나이자 어디서나 동일한 것이지요.

로타리오 물론 정신은 그렇습니다! 나는 여기서 정신과 문자의 구분을 적용하고 싶군요. 그대가 신화에 대한 연설에서 제시하고 혹은 적어도 암시했던 것은, 시문학의 정신이라 할 수 있습니다. 그래서 만일 내가 율격이나 이와 비슷한 것, 심지어 성격, 플롯, 그리고 거기에 결부된 것을 오로지 문자로만 간주한다면, 그대는 틀림없이 이에 대해 아무런 반대도 할 수 없었을 것입니다. 정신에서는 그대가 이야기한 고대적인 것과 근대적인 것의 무조건적인 결합이 일어날 수 있겠지요. 그리고 우리 친구[마르쿠스]가 우리에게 환기시킨 것도 오로지 그러한 합일에 관한 것입니다. 시문학의 문자에서는 그렇지가 않습니다. 예컨대 고대의 운율과 [근대의] 운을 맞춘 음절률은 계속해서 서로 상충하고 있습니다.[19] 이 둘 사이에 제3의 중재자는 없습니다.

안드레아 그래서 나는 성격과 열정을 다루는 방식이 고대인들과 근대인들에게 완전히 상이하다는 것을 자주 깨닫게 되었습니다. 고대인들에게 성격과 열정은 이상적으로 생각되었고, 조형적으로 구현되었습니다. 근대인들에게 성격은 실제로 역사적이거나 아니면 마치 그런 것처럼 구성되어 있지요. 그런데 그것의 구현 방식은 한층 더 그림처럼 아름답게 전개되거나 초상화의 방식을 따라 이루어졌습니다.

안토니오 그렇다면 여러분은 원래는 모든 문자의 중심이어야 할 어법을 이상하긴 하지만 시문학의 정신에 포함시켜야 할 것입니다. 왜냐하면 여기서도 그 일반적인 이분법이 양극단에서 나타나고, 전체적으로는 고대의 감각적 언어의 성격과 우리의 추상적 언어의 그것이 뚜렷하게 대립되어 있지만, 그럼에도 한 영역에서 다른 영역으로의 이행이 상당히 많이 일어나고 있기 때문입니다. 완전한 합일은 가능하지 않다 하더라도, 왜 그런 이행들이 더 많이 있을 수 없는지는 이해하지 못하겠

---

19 고대 그리스어와 라틴어의 운율은 긴 음절과 짧은 음절로 구분하는 음량음조론에 기반하고 있기 때문에 음절의 강세가 부차적인 반면, 근대 시문학의 운율은 음절의 장단이 강약으로 대체되면서 음세음조론을 따른다. 예컨대 2음절 운각 얌부스는 고대 그리스어에서는 단장격이지만 독일어에서는 약강격이 된다.

습니다.

루도비코 그리고 내가 이해하지 못하는 것은, 왜 우리가 오로지 말에만, 문자의 문자들에만 매달려 있는지, 그리고 그것의 호의를 구하느라 정작 언어가 시문학의 다른 수단들보다도 시문학의 정신에 더 가까이 있다는 것을 인정하려 하지 않느냐는 것입니다. 언어는 근원적으로 생각해보면 알레고리와 동일한 것으로서 마법의 첫번째이자 직접적인 수단입니다.

로타리오 단테와 셰익스피어와 다른 대가들에게서 사람들은 그 자체로 봤을 때 이미 최고의 독특함이 전체적으로 각인된 특징을 갖고 있는 구절이나 표현들을 발견할 것입니다. 그것들은 지금까지 시문학의 다른 어느 수단들보다 원저자의 정신에 더 가까이 있지요.

안토니오 괴테에 관한 시론에서 내가 다만 지적하고자 하는 점은, 거기에 담긴 판단들이 다소 지나치게 명령적으로 표현되었다는 것입니다. 이런저런 문제에 대해 전혀 다른 견해를 갖고 있는 사람들이 어디 가도 있을 수 있으니까요.

마르쿠스 제가 생각하는 것만을 이야기했다는 점은 기꺼이 인정합니다. 그것은 우리가 대체로 일치된 의견을 갖고 있는 예술과 교양의 원리들을 고려하여 아주 성실하게 연구하고 나서 든 생각이거든요.

안토니오 그 의견의 일치라는 것이 단지 매우 상대적일 수도 있겠지요.

마르쿠스 그럴 수도 있습니다. 그대도 인정하겠지만, 진정한 예술적 판단이란, 즉 어떤 작품에 관해 형성된 완결된 견해란, 이렇게 말해도 된다면, 항상 위험한 사실Faktum입니다. 하지만 그것 역시 단지 하나의 사실에 불과하고, 바로 그렇기 때문에 그것에 동기를 부여하려는 것은 헛된 일입니다. 동기 자체가 어떤 새로운 사실이나 혹은 이전의 사실에 대한 보다 정확한 규정을 포함하고 있어야 할 테지요. 또는 외부에 미치는 영향에서도 마찬가지입니다. 거기엔 어차피 아무것도 남아 있지 않거든요. 예술적 판단을 가능하게 하는 학문을 우리가 소유하고 있기는 하지만 그 학문이 예술적 판단 자체로는 너무 부족한지라, 이 학문이 모든 예술이나 모든 판단과 절대적으로 대립하면서 가장 탁월하게 양립하고 있음을 너무나도 자주 보게 된다는 사실을 입증하는 것 외에는 말입니다. 친구들 사이에서는 능숙함을 과시하는 일은 피할수록 좋겠지요. 그렇지만 어떤 예술적 판단을 아무리 솜씨 있게 준비하여 전달하더라도 결국 다음과 같은 요청 외에는 다른 요구가 있을 수 없습니다. 즉 각자가 자신의 고유한 인상을 마찬가지로 순수하게 포착하고 엄격하게 규정하고자 시도하고, 그러고 나서는 그렇게 전달된 인상에 동의할 수 있는지 성찰해볼 만한 가치가 있는 것으로 그것을 존중하라는 요청입니다. 이런 경우에라야 그것을 자발적이고 흔쾌히 인정할 수 있겠지요.

안토니오 우리가 지금 의견의 일치를 보지 못한다면, 그것은 결국 이렇게 말하는 것이나 마찬가지겠지요. 누군가가 나는 단 것이 좋아라고 말하면, 다른 누군가는 반대로 이렇게 말하는 겁니다. 아니야, 나는 쓴 것이 더 맛있어.

로타리오 많은 개별적인 것에 관해서는 그렇게 말할 수도 있겠지만, 그럼에도 하나의 지식이라는 것이 예술의 문제에 있어서는 상당한 가능성이 있습니다. 그리고 내 생각에, 그 역사적 견해가 보다 완전하게 실현된다면, 그리고 시문학의 원칙들을 우리 철학적 친구[루도비코]가 시도했던 방식으로 세우는 데 성공한다면, 시문학은 견고함에서나 규모에서나 부족함이 없는 하나의 토대를 갖게 되겠지요.

마르쿠스 현재의 우리에게 방향을 제시하는 데 너무나도 불가결하고, 동시에 과거로까지 나아가서 더 나은 미래를 향하여 일하도록 우리를 끊임없이 상기시키는 그 모범을 잊지 맙시다. 적어도 그 토대를 지키고 모범에 충실합시다.

로타리오 반론의 여지가 없는 훌륭한 결심입니다. 그리고 틀림없이 우리는 이러한 방식으로 본질적인 문제에 관해 서로 이해하는 법을 점점 더 배우게 될 것입니다.

안토니오 그러니 이제 우리가 바랄 것은, 시에 대한 이념들을 우리 자신 안에서 발견하고, 그다음에는 이념들에 따라 창작하는 자랑할 만한 능력을 발견하는 것뿐일 것입니다.

루도비코 당신은 가령 미래의 시들을 선험적으로_{a priori} 구성하는 것이 불가능하다고 여기는지요?

안토니오 그대가 저에게 시에 대한 이념들을 제시해준다면 그 능력을 한번 보여드리지요.

로타리오 그것이 불가능하다고 보는 그대의 견해에서는 옳을 수도 있겠습니다. 하지만 나는 나 자신의 경험에서 그 반대의 경우를 알고 있습니다. [시에 대한 선험적 구성의 시도에서] 몇 번의 성공은 어느 특정한 시에 대한 나의 기대들에 부합했는데, 이런 것이 예술의 이런저런 영역에서 이제 가장 먼저 필요하거나 적어도 가능한 일이라는 점을 이야기할 수 있습니다.

안드레아 그대가 그런 재능을 갖고 있다면, 우리가 언젠가는 다시 고대 비극을 접하게 되길 희망해도 좋은지 말해줄 수도 있겠네요.

로타리오 당신이 나에게 그런 요구를 하니 저로서는 농담으로든 진담으로든 반갑습니다. 다른 사람들의 의견에 관해 말하는 것으로만 그치지 않고 적어도 나 자신의 견해 중 하나로 이 향연에 일조하도록 말이지요. 비의祕儀와 신화가 자연철학의 정신을 통해서 혁신될 때야 비로소 비극 작품들을 창작하는 것이 가능할 것입니다. 거기에 담긴 것은 모두 고대적이겠지만, 그 작품들은 그럼에도 틀림없이 의미를 통해서 시대의 의의를 포착할 수 있을 겁니다. 이 경우에는 한층 커다란 규모와 한층 더 많은 외적 형식의 다양성이 허용될 텐데, 그것들은 고대 비극의 여러 아류와 변형에서 실제로 일어났던 것과 거의 유사하게 심지어 유용하기까지 하겠지요.

마르쿠스 우리 언어로 트리메타 율격을 [고대 서사시의] 헥사메타 율격만큼이나 탁월하게 만들 수는 있습니다.[20] 하지만 [코러스의] 합창적 음절률은 해결하기 어려운 문제이지 않을까 하는 걱정이 듭니다.

카밀라 그런데 왜 내용이 전적으로 신화적이어야 하지요? 역사적이어서는 안 되나요?

로타리오 그것은 우리가 지금 역사적 주제에서는 성격들을 근대적인 방식으로 다룰 것을 요구하고 있기 때문입니다. 이 방식은 고대의 정신과 완전히 모순되거든요. 이 점에 있어서 예술가가 이런저런 방식으로 고대 비극이나 낭만적 비극에 맞서기만 해서는 아무 소득도 없을 것입니다.

카밀라 그렇다면 그대가 니오베[21]를 신화적 주제로 고려했으면 합니다.

마르쿠스 나는 차라리 프로메테우스로 부탁하고 싶은데요.

안토니오 그렇다면 저는 하찮아 보이기는 하겠지만 아폴론과 마르시아스에 관한 오래된 이야기[22]를 제안할까 합니다. 이것은 저로서는 매우 시기적절해 보입니다. 아니 보다 엄밀하게 말하자면, 이 이야기는 잘 만들어진 모든 문학 작품에서라면

---

20 2음절 운각 얌부스의 경우에는 두 개의 운각이 하나의 율각(Metron)을 구성한다. 그렇기 때문에 3보격 율격 트리메타(Trimeter)에서는 얌부스 율각이 세번 반복되면서 하나의 시행을 만든다. 6보격 율격 핵사메타(Hexameter)는 3음절 운각 닥틸루스(Daktylus)가 여섯 번 반복된다.

21 탄탈로스의 딸. 그리스신화에 따르면, 니오베는 여신 레토(Leto)는 아폴론과 아르테미스 남매밖에 낳지 못했는데 자신은 7남 7녀를 낳았다고 자랑하다가 아폴론이 쏜 화살에 자식들은 모두 죽게 되고 자신은 하염없이 눈물을 흘리는 바위로 변하게 되었다.

22 아테나 여신이 버린 피리를 주워 기량을 갈고닦은 사티로스 마르시아스는 급기야 아폴론에게 피리 시합을 요구한다. 뮤즈들의 심판에 따라 마르시아스는 패배하고, 아폴론은 그를 벌주기 위해 산 채로 살갗을 벗겨버렸다. 이 신화는 예술에서의 신적 권위에 대한 암시를 담고 있다.

언제든지 시기적절하겠지요.

낭만적 시문학의 향연

이영기

1. 포에지의 향연

"낭만적 포에지는 점진적 보편 포에지다." 「아테네움 단편」 116 번에 실린 이 선언적 문장으로 독일 낭만주의 문학(이론)을 간명 하게 요약한 프리드리히 슐레겔의 『시문학에 관한 대화』는 이 명 제에 대한 자기 정립적, 자기 해명적 성격의 텍스트다. 「아테네움 단편」 77번에서 표명한 "한 편의 대화는 단편들의 사슬이거나 화관花冠"이라는 견해를 스스로 입증하기라도 하듯 시문학, 문학 이론, 문학사 및 비평에 관한 짧지만 강렬한 사유의 편린들이 이 텍스트에서는 비교적 긴 호흡의 상이한 텍스트들이 교차되면서 '대화'라는 형식의 커다란 틀 속에서 전개된다.

1798년 5월 창간되어 초기 낭만주의자들의 기관지 역할을 했던 문학잡지 『아테네움』의 제3권(1800년 간행)에 두 번에 걸쳐 나뉘어 실린 이 텍스트는 일인칭 서술자와 전지적 서술자의 글을 시작으로 네 편의 발표문, 즉 '시문학의 시대들'(안드레아), '신화에 관한 연설'(루도비코), '소설에 관한 편지'(안토니오), '괴테의 초기 및 후기 작품에서의 상이한 양식들에 관한 시론'(마르쿠스)과 이후 이어지는 네 차례의 토론으로 구성되어 있다. 각 발표문의 제목에서 알 수 있듯이 대화의 형식 안에 일종의 강의, 연설, 편지, 에세이라는 다양한 장르의 텍스트가 공존한다. 그리고 이어지는 토론에는 네 명의 발표자뿐만 아니라 아말리아, 카밀라, 로타리오가 함께 참여한다. 이를 통하여 전체 텍스트는 발표의 문자성과 대화의 구술성을 동시에 담보하고 있다고 할 수 있을 것이다.

이러한 구성적 측면은 슐레겔이 플라톤의 대화편들, 특히 『향연Symposion』을 이 텍스트의 모델로 삼고 있음을 분명하게 보여준다. 시문학을 "주제이자 계기"로 삼아 아말리아의 집에 종종 모이곤 했던 친구들은 공통의 관심사에 관해 두서없이 환담을 나누기보다는 "자신들의 견해가 서로 상이하다는 것을 충분할 만큼 명확하게 자각"할 수 있도록 시문학에 관한 생각들을 서면으로 각자 표명하자고 의견을 모았다. 이러한 모임은 1799년 가을부터 예나Jena에서 슐레겔이 친교를 나누었던 초기 낭만주의자들의 문학 살롱을 연상시키는데, 이 정신적 공동체에는 슐레겔과 그의 연인 도로테아를 비롯하여 슐레겔의 형 아우구스트 빌헬름과 그의 아내 카롤리네, 슐라이어마허, 셸링, 노발리스, 티크, 브렌타노 등이 이름을 올렸다. 『시문학에 관한 대화』에 등장하는

7명의 인물들과 그들이 나눈 대화는 물론 서사적·드라마적 허구성을 갖지만, 서두에서 일인칭 서술자 '나'가 자신이 바로 이러한 성격의 모임의 일원임을 밝히면서 무엇보다도 시인을 "사교적인 존재"라고 규정하고 있는 점에서 볼 때, 이 텍스트는 초기 낭만주의자들의 '낭만적 사교romantische Geselligkeit'의 문학적 판본이라고도 할 수 있다.

'대화'라는 형식이 의미를 갖는 또하나의 지점은, 시문학적인 것과 철학적인 것의 융합이라는 초기 낭만주의자들의 시학적 요청을 이러한 형식을 통해 구현하고자 하는 데 있다. '시문학의 시대들'에서 안드레아는 (플라톤적) 향연에서는 "철학적 대화와 이 대화의 묘사가 완전히 시문으로 넘어"간다는 의견을, '소설에 관한 편지'에서 안토니오는 "플라톤의 [철학적] 형식은 이미 철저하게 시문학적"이라는 견해를 피력한다. 또한 대화를 주고받는 과정에는 불가피하게 "완전히 상이한 견해들이 대립"될 수밖에 없는데, 오히려 그러한 과정에서 "본질적인 핵심"에 다가갈 수 있는 다양한 가능성이 타진될 수 있기에 이러한 대화의 장은 친밀한 사교의 장을 넘어 공동철학Symphilosophie이 실천되는 현장이기도 하다.

『시문학에 관한 대화』에 수록된 네 편의 발표문들은 각 장르적 성격에 부합하는 차별화된 어법을 구사하면서 '문학사-신화-소설-괴테'라는 각기 다른 주제에 대한 고찰 방식 또한 '역사 기술-강령-장르 이론-작품 분석'으로 상이하다. 그렇지만 이 발표문들은 크게 두 가지 범주로도 묶을 수 있다. '시문학의 시대들'

과 '괴테의 초기 및 후기 작품에서의 상이한 양식들에 관한 시론'이 고대 그리스부터 지금까지의 유럽 시문학의 전개와 한 (생존) 작가의 이력을 역사적·비평적 관점에서 서술하고 있다면, '신화에 관한 강연'과 '소설에 관한 편지'는 철학적·이론적 관점에서의 시문학에 관한 접근이라고 할 수 있다. 각 발표문들에 대한 고찰에 앞서 일인칭 서술자의 입을 빌려 슐레겔이 피력하고 있는 이 향연을 관통하고 있는 시문학의 본질에 대해서 간략하게 살펴보자.

　'시문학'으로 번역된 '포에지Poesie'의 어원인 '포이에시스poíesis'는 현실의 '모방'을 의미하는 미메시스mímēsis와는 달리 무엇인가를 생산하고 형성하고 창조하는 행위 혹은 역량을 의미한다. 아리스토텔레스의 『시학』은 서사시, 서정시, 드라마 장르의 시문학 텍스트를 포에지로 규정한다. 그렇지만 『시문학에 관한 대화』의 서두에 등장하는 일인칭 서술자에게 포에지는 단지 시인의 시문학 작품에 국한되지 않는다. 포에지는 "식물 속에서 약동하고 빛 속에서 반짝이며 아이 속에서 미소 짓고 활짝 핀 젊음 속에서 빛나며 여인들의 사랑하는 가슴속에서 타오르는 형식 없고 의식 없는 시문학"의 세계로까지 확장되어 정의된다. 이러한 유기체적 메타포와 함께 또한 우리 모두가 그것의 일부이자 결실인 "대지"(자연)야말로 "단 하나의 신성함의 시"이며, 자연에 내재된 형성충동Bildungstrieb이 보편적인 시적 원칙으로 천명된다. 이러한 포에지 개념은 "시문학에 관해서는 오로지 시문학으로만 말할 수 있다"는 주장에서 또하나의 새로운 차원을 획득한다. 일종의 수사학적 폴립토톤Polyptoton이 적용된 이 언술은 이후 수록될 발표문들과 대화의 시학적 성격을 간접적으로 암시한다. 「아테네움 단편」 19번에서 슐레겔은 "이해될 수 없도록 하기 위한, 혹은 차라리 오해받기 위한 가장 확실한 방법은 단어들을 그것의 원래 의미대로 사용하는 것이다"라고 한 바 있는데, 이에 따르면 『시문학에 관한 대화』 자체가 하나의 시문학인 셈이다. 또한 발표문의 낭독 이후 참여자들이 주고받는 대화를 통해서 '포에지/시문학이란 무엇인가'라는 질문에 대한 명확한 결론이 도출되기보다는 오히려 "치명적인 일반화"를 경계한다. 이들의 대화는 "소통하기와 다가서기라는 유희"인 것이다. 이제 "시문학을 사랑하는 심성을 지닌" 이들이 초대하는 시문학의 향연의 장으로 들어서보자.

2. 학문과 예술로서의 시문학

첫번째 발표자인 안드레아의 '시문학의 시대들'은 유럽 시문학의 역사에 대한 일종의 개괄이다. 역사적이지 않은 이론에 대해서는 혐오감을 숨기지 않았던 슐레겔과 마찬가지로 안드레아는 "시문학은 하나의 예술"이며 "예술은 지식을 토대로 하며, 예술의 학문은 예술의 역사"라는 확신에서 출발한다. 따라서 이 첫 발표문을 "잘못된 시문학의 체계"에서 벗어나 시문학을 학문으로서 정립하기 위한 출발점으로 본다면, 고대 그리스의 호메로스에서부터 동시대 작가인 괴테에 이르는 이 간략한 문학사는 선언적 성격을 갖는다고 할 수 있다. 이러한 점은 슐레겔 이전에는 문학(사)적 관심의 중심에 있지 않았던 다수의 작가와 작품이 비로소 여기서 조명되고 있다는 점에서 분명히 드러난다. 물론 이 문학사 역시도 기술된 지 2세기가 지난 지금의 시점에서 봤을 때 납득하기 어려운 평가나 판단 또한 상당 부분 존재한다. 예컨대, 고대 로마의 계관시인 베르길리우스는 언급조차 되지 않는다. 따라서 이러한 시대적 한계를 염두에 두면서 낭만주의적 관점에서 이루어진 시문학의 역사에 대한 평가와 낭만적 시문학을 위한 역사적 관점에서의 전망의 제시가 어떻게 이루어지고 있는지에 보다 주목해야 할 것이다.

안드레아는 유럽 시문학의 역사를 고대 그리스의 시문학에서 시작한다. 호메로스의 서사시, 다양한 형식의 서정시, 디티람보스와 비극에서 "진정한 황금기"를 맞은 고대 그리스의 시문학은 "자유로운 인간들의 축제와 같은 삶"과 "신들의 성스러운 힘"을 통해 "하나이면서 나뉠 수 없는 전체"로서 유럽 시문학의 원천을 이룬다. 이후 이집트의 알렉산드리아를 중심으로 전개된 고대 그리스 시문학은 작위적이고 모방적인 수준에 그쳤다. 로마인들의 시문학에 대한 안드레아의 인색한 평가는 당시 유럽 전역에서 라틴어가 누렸던 위상과 호라티우스나 오비디우스와 같은 위대한 로마 시인들에 대한 존경과 흠모의 분위기를 생각하면 상당히 이례적이다. 여기에는 로마 시문학은 본질적으로 고대 그리스 시문학의 모방이라는 생각이 깔려 있다. 로마 문화의 쇠퇴와 함께 시작된 중세문학에 대한 안드레아의 설명은 빈약하기 짝이 없는데, 이는 소위 '중세의 재발견'은 1800년 이후 낭만주의자들에 의해서 비로소 시작되기 때문이다. 유럽 시문학이 본격적으로 재개되는 데 중추적 역할을 한 시인들은 단테, 페트라르카, 보카치오이며 아리오스토와 과리니도 언급된다. 특히 "근대 시문학의 거룩한 창시자이자 아버지"로 여기서 일컬어지고 있는 단테의 『신곡』은 아우구스트 빌헬름 슐레겔이 1789년 부분적으로 번역하여 소개하기 전까지는 독일에서는 거의 읽히지 않았던 시인이기도 하다.

이어지는 스페인과 영국의 시문학사는 "세르반테스와 셰익스피어라는 두 사람의 시문학의 역사로 압축된다"는 과감한 단언은 슐레겔이 평가하는 두 시인의 문학사적 위상을 극명하게 보여준다. 세르반테스의 『돈 키호테』가 갖고 있는 탁월함을 발견한 것은 바로 슐레겔과 주변의 낭만주의 작가들이었다. 이 소설에 담긴 "환상적 위트"와 "과감한 발상"은 낭만적 시문학의 본질적 요소로서 이후 다른 발표문과 대화들에서도 끊임없이 언급된다. 셰익스피어의 위대함은 당시 독일에서 이미 지배적이었는데, 안드레아도 셰익스피어의 위작僞作 논쟁까지 언급하면서 그의 주요 작품들에 깃든 "낭만적 정신"을 거듭 강조하고 있다. 세르반테스와 셰익스피어의 위대함은 1616년 두 사람의 죽음과 함께 "아름다운 상상력"에도 사망선고가 내려졌다는 진단으로 더욱 강화된다. 시문학 대신에 합리주의 철학이 점점 더 득세했고, 프랑스의 의고전주의 시대는 고대의 그릇된 모방에 기초한 "잘못된 시문학의 체계"를 구축하는 데 일조했을 뿐이다.

마지막으로 안드레아는 시문학의 새로운 시작의 징후를 바로 여기 독일에서, 다음과 같은 네 개의 영역에서 발견할 수 있다고 주장한다. 우선 예술사의 영역에서는 빙켈만이 "예술의 발생사를 통해 예술을 어떻게 정립해야 하는가에 대한 최초의 사례를 제시"했으며, 시문학의 영역에서는—이미 1795년 슐레겔이 새로운 시문학의 서광으로서 칭송했던—"괴테의 보편성"을 확인할 수 있다고 한다. 무엇보다 철학의 영역에서는 피히테의 『지식학*Wissenschaftslehre*』으로 대변되는 관념론이 인간 정신의 깊은 곳에서 "상상력의 원천"과 "아름다움의 이상"을 발견했다고 보았다. 마지막으로 번역과 비평의 영역에서는 J. H. 포스의 호메로스 번역에서 볼 수 있듯이 언어와 시문학의 원천으로 거슬러올라가기 위한 노력이 행해지고 있으며, 문학비평이—누구보다도 슐레겔 자신에게서—학문으로 정립되고 있다는 것이다. 슐레겔이 1797년 「비판적 단편」 115번에서 "모든 예술은 학문이 되어야 하고, 모든 학문은 예술이 되어야 한다"라고 요청한 바와 마찬가지로, 안드레아 또한 독일의 시문학이야말로 '학문'이자 동시에 '예술'이 될 수 있을 것이라는 확신을 표명하며 자신의 발표를 마무리 짓는다. 지금까지 검토한 시문학의 시대들을 구분해보자면, 고대 그리스의 고전적 시기, 단테에서 세르반테스와 셰익스피어에 이르는 낭만적 시기, 그리고 1616년 급작스럽게 단절된 낭만적 시문학이 다시 전개될 지금의 세번째 시기로 요약될 수 있다.

이어지는 대화에서 논쟁거리로 부상한 문제는 안드레아의 글에서는 시문학 장르에 관한 명확한 이론이 충분히 다루어지지 않았다는 점이다. 마르쿠스가 지적하고 있듯이, 분리되지 않고서는 어떠한 형성Bildung도 일어날 수 없으며 "형성이야말로 예술의 본질"이라면, 시문학이 과연 어떻게 의식적으로 행해진, 학문적으로 확립된 예술이 될 수 있느냐는 것이다. 플라톤의 대화편과 타키투스의 역사서에서 시문학으로의 이행을 볼 수 있듯이, 포에지의 본질은 (말을 통해 작용하는) 모든 예술과 학문의 보이지 않는 정신임에도 불구하고 시문학 장르의 이론이야말로 "시문학의 고유한 예술론"이기 때문이다. 요컨대 시문학 일반이 아닌 '작품'은 저마다 형식과 장르에 따라 구체적인 개별적 특성을 가져야 한다는 것이다. 이에 관련된 논의는 그러나 잠시 유보되고, "새로운 시문학의 서광"에 대한 확신에 차 있는 루도비코가 '신화에 관한 연설'을 시작한다.

3. '새로운 신화' 프로젝트

루도비코의 연설은 근대의 시인들에게는 개별적 창작을 위한 "확고한 토대"가 결여되어 있다는 다음과 같은 인식에서 출발한다. "우리 시문학에는 고대인들의 시문학에서와 같은 어떤 중심이 결여되어 있다는 것입니다. (……) 우리에게는 신화가 없습니다." 고대인들에게 신화가 시문학의 원천으로서 객관성과 보편성을 담보할 수 있는 구속력을 가졌다면, 근대의 시인들이 처한 상황은 사뭇 다르다. 근대의 시인들은 오로지 자기 자신으로부터, 즉 자신의 내면으로부터 모든 작품을 "처음부터 무無에서 만들어진 새로운 창조물이듯" 생산해낼 수밖에 없는 조건에 놓여 있는 것이다. 따라서 근대적 주체의 소외와 결부된 이러한 시문학의 숙명은 실재하는 모든 것의 궁극적인 통일성의 원칙이라 할 수 있는 "최고의 성스러운 것"을 형태 없는 것, 숨겨진 것, 알려지지 않은 것으로 남겨둘 수밖에 처지에 놓여 있다. 이것이 '새로운 신화'가 요청되는 이유다. 여기서 '신화' 개념은 민족적·집단적 정체성이나 사회적 구속력과 관련된 의미를 갖는 것이 아니라는 점을 유념할 필요가 있다.

'옛' 신화가 감각적 세계와 직접적으로 결부되어 있는 것과는 정반대로 '새로운' 신화는 정신의 가장 심오한 심연에서 산출된 예술작품이어야만 한다. 더불어 그것은 "다른 모든 것을 포괄해야 하는 까닭에 모든 예술작품 중에서 가장 인위적인" 예술작품이다. 요컨대 새로운 신화는 고대 그리스신화처럼 자생적인 역사적 산물이거나 주관성의 자의적이고 상상적인 창조물이 아니라 관념론의 맥락에서 가장 높은 수준의 의식의 차원에서의 시학적 구성물인 것이다. 또한 새로운 신화는 "무한한 시를 위한 새로운 온상이자 그릇"이어야 한다. ('낭만적 포에지'의 다른 표현이기도 한) "무한한 시"라는 메타포는 시문학의 모든 개별적 형태가 그 안에서 생각될 수 있고 가능할 수 있다는 함의를 갖는다. 이러한 무한한 잠재적 형성 가능성과 관련하여 '카오스' 개념이 포에지와 신화의 속성으로 부여되는데, "최고의 아름다움, 최고의 질서는 오직 카오스의 아름다움"이기 때문이다. 결국 "무한한 시"
는 모든 실재하는 것의 카오스적 다양성을 보다 높은 시적 원칙
하에서 구현하여 담지하고 있어야 한다. 앞서 언급한 그 카오스
에 대해 루도비코는 "고대의 신들의 다채로운 혼잡스러움보다 더
아름다운 상징을 지금까지 알고 있지 못하다"라며 고대의 신화
와 시문학을 증거로 삼는다. 이러한 논리적 전개에 따르면, 루도
비코에게 신화와 시문학은 "하나이며 분리될 수 없는" 것이라는
점이 자명하다.

인간 정신의 가장 깊은 심연으로부터 생겨날 새로운 신화의
가능성에 대한 간접적인 사례로 루도비코는 "이 시대의 위대한
현상"인 관념론과 "자연의 가장 신성한 계시들을 분출"하고 있는
자연학, 즉 자연철학을 제시한다. 우선 정신은 "자기 자신을 규정
하고 끊임없는 변화 속에서 자신으로부터 벗어났다가 [다시금]
자신에게로 귀환"하는 활동 속에 있는데, 이러한 원심력과 구심
력의 영원한 교체가 정신의 본질이다. 여기서 흥미로운 점은, 정
신의 이러한 심층 구조와 무한한 창조적 활동성에서 "마찬가지
로 무제한적인 새로운 실재론"이 솟아난다고 보고 있는 점이다.
이렇게 성립된 '관념'과 '실재'의 관계는 '무한한 것/절대적인 것'에
다가갈 수 있는 가능성을, 혹은 그것의 실제를 어떻게 표현할 것
인가를 문제삼고 있다. "관념론적인 기원"을 갖는 이러한 새로운
실재론을 위한 기관Organ은 다름아닌 시문학이며, '절대적인 것'
은 "관념적인 것과 실재적인 것의 조화에 기반한 시문학"에서만
오로지 감각적으로 지각될 수 있는 형태로 관조될 수 있다.

이러한 실재론의 대표자로서 루도비코는 스피노자를 소환하는데, 정신의 운동을 설명하는 피히테의 관념론에는 치명적인 논리적 난점이 있기 때문이다. 피히테의 자아는 정신의 "무한성과 영원한 풍요로움"을 한편으로 보여주지만, 다른 한편으로 자연을 단지 자아의 산물로만 간주한다. 『시문학에 관한 대화』의 서두에서 일인칭 서술자가 "대지"(자연)를 "단 하나의 신성함의 시"로 규정한 것이나 '자연의 서Buch der Natur'와 같은 낭만적 메타포를 상기한다면, 실체Substanz로서의 자연이나 범신론적·유기체적 자연 관념이 불가피하게 요구될 수밖에 없는 것이다. 그러나 루도비코는 스피노자를 철학자가 아니라 "상상력의 시작과 끝" "인간에게 있는 신성의 부드러운 반영" "신비주의의 가치와 위상 및 신비주의가 시문학과 맺고 있는 관계"를 발견할 수 있는 '시인'의 이미지로 내세운다.

스피노자에 대한 이러한 평가 이후 신화가 "자연의 예술작품"으로 소개되는 되는 것은 자연스러운 논리적 흐름이다. 신화는 우리를 둘러싸고 있는 "자연이 상형문자로 표현된 것"으로서 새로운 신화는 자연 속에 상형문자로 숨겨져 있는 '절대적인 것'을 상징적·감각적 직관을 통해서 드러내야만 한다. 이렇듯 새로운 신화가 정신에 의해 생겨났으면서도 동시에 자연의 예술작품이 될 수 있는 이유는, 신화의 조직체는 모든 것이 '관계'이고 '변신'이며, '동화'와 '변형'이 신화의 "내적인 삶"이자 "방법"이기 때문이다. 이 지점에서 신화와 낭만적 포에지의 친연성을 짚어볼 수 있다. 낭만적 포에지의 핵심 개념인 위트, 아이러니, 아라베스크와 더불어 "인위적으로 정돈된 혼돈" "모순들의 매혹적 대칭"과 같은 텍스트 자체의 무한한 내적 역동성은 이미 하나의 "간접적인 신화"로 보기에 충분하다. 궁극적으로 낭만적 포에지야말로 새로운 신화의 다른 이름인 것이다.

앞서 언급한 '관념–실재론'에서도 알 수 있듯이, 이제 인간 정신의 생성적·구성적 역량이야말로 근대 시문학이 근본적으로 '개별성'과 '독창성'에 기댈 수밖에 없는 가장 확실한 근거다. 이러한 점이 새로운 신화가 "모든 예술작품 중에서 가장 인위적인" 예술작품인 이유이며, 더 나아가 예술의 자율성을 선취하고 있다고 평가할 수 있는 부분일 것이다. 새로운 신화의 가능성에서 계몽주의적 합리성을 극복하는 보편적 혁신이 이루어지는 "황금시대"가 도래할 것을 예견하면서 루도비코는 연설을 마무리 짓는다. 이어지는 대화는 루도비코의 연설에 대한 비교적 우호적인 논평과 보충적 견해의 제시로 이루어진다. 시문학의 본질이 "사물들에 관한, 즉 인간뿐만 아니라 외적인 자연에 관한" "보다 높은 관념론적 견해"라는 점이 논쟁의 여지 없이 받아들여진다. 여기에 덧붙여 루도비코는 "모든 아름다움은 알레고리"이며, "지고의 것"은 말로 표현할 수 없기 때문에 오로지 "알레고리로서만" 말해질 수 있다는 점을 강조하며, 새로운 신화가 자연과 예술에 관한 상징 체계로 간주될 수 있는 가능성을 드러낸다. 실제로 『시문학에 관한 대화』의 1823년 판본에서 슐레겔은 '신화' 개념을 '상징 언어' '상징 체계'와 같은 개념으로 대폭 수정함으로써 신화의 비의적秘義的 성격을 한층 강화시키고 있다.

4. "소설은 한 권의 낭만적 책이다"

'소설에 관한 편지'는 안토니오가 아말리아에게 실제로 보냈던 편지를 낭독한 것이다. '신화에 관한 연설'에서 루도비코가 간략하게 언급한 바 있는 "인위적으로 정돈된 혼돈"이나 "모순들의 매혹적 대칭"과 같은 낭만적 포에지의 특성이 이 편지에서 보다 상세하게 논의되면서 구체적인 시학적 의미를 획득한다. 이 편지에서 안토니오는 소위 "소설의 이론"을 구상하려는 계획을 드러내고 있기는 하지만, 여기서 '이론'은 "대상을 정신적으로 관조"한다는 의미인 만큼 일반적으로 '이론'에 기대할 수 있는 바의 정교한 논리 체계를 기대하기는 어렵다. 그럼에도 이 글은 슐레겔의 소설 이론의 핵심적 내용이 담겨 있는 것으로 평가된다.

안토니오는 어느 사교 모임에서 아말리아가 프리드리히 리히터(필명 장 파울)의 소설들을 빈약한 줄거리를 가진 "온갖 잡동사니의 병적인 위트"와 개인적 고백에 불과하다고 공격한 것을 지적하면서 이 "비판적 편지"를 시작한다. 안토니오는 아말리아가 즐겨 읽는 필딩의 사실주의적 소설이나 라퐁텐의 통속적 소설을 상상력의 어떠한 유희도 허용하지 않는, "삶에서 그대로 훔쳐온 것"으로 혹평한다. 이와 대조적으로 스턴의 『트리스트럼 샌디』, 디드로의 『운명론자 자크』 같은 소설들은 유머, 위트, 아이러니 등과 같은 서사기법을 통해 끊임없이 독자와 유희하면서 '이야기하기' 자체를 서사의 주제로 만든다면서, 예컨대 스턴의 유머는 "우리 내면에서 일어나는 형성의 유희를 어떤 방식으로든 자극하거나 거기에 자양분을 제공"한다는 것이다. 따라서 안토니오는 장 파울의 소설에 나타나는 "그로테스크한 것들과 고백들이야말로 (……) 낭만적 창작물"이라면서 옹호의 변을 펼친다. 이러한 시문학에서 공통적으로 발견할 수 있는 형식적 구조가 바로 '아라베스크'다. 아라베스크는 시문학의 "본질적인 형식 혹은 표현 양식"으로서, 앞서 루도비코의 정의에 따르면, 또한 "인간 상상력의 가장 오래되고 근원적 형식"이기도 하다. 이와 관련하여 흥미로운 점은, 안토니오는 (인위적인 무질서의) 예술적 형식으로서의 아라베스크를 "자연적 산물Naturprodukt"로 간주하여 스턴의 유머뿐만 아니라 세르반테스나 셰익스피어의 "천재적 위트" 또한 '자연시문학Naturpoesie'의 범주에 속한 것으로 생각하고 있다는 점이다. 따라서 안토니오가 스턴보다 장 파울을 더 우위에 두는 까닭은, 장 파울의 상상력이 비록 병적인 산물일지라도 훨씬 더 환상적이고 경이로우며, 그렇기에 더 좋은 작품이기 때문이다.

안토니오의 두번째 논박은 아말리아가 장 파울을 '감성적'이라면서 혹평한 지점이다. 우선 안토니오는 '낭만적인 것'을 "감성적 소재를 환상적 형식으로 서술하는 것"으로 정의 내린다. 안토니오에 따르면 낭만적 시문학의 소재로서의 '감성적인 것'은 일종의 감정이긴 하지만, 이 감정은 감각적 감정이 아니라 "정신적" 감정이며, "이러한 모든 동요의 근원이자 영혼"은 바로 사랑이다. "사랑의 정신은 낭만적 시문학 어디에서나 보이지 않는 듯 보이게 부유하고 있는 것이다." 그리고 사랑이라는 소재를 서술할 수 있는 가능성을 지닌 "환상적 형식"이 바로 아라베스크다. 요컨대 감성적 소재와 환상적 형식의 결합이 낭만적 시문학의 기본 특성으로서 제시되고 있다. 이어서 안토니오는 '낭만적인 것'에 대해 세번째 특징을 덧붙이고 있는데, 낭만적 시문학은 고대의 고전적 시문학과는 달리 "역사적 기반에 근거"하고 있다는 주장이다. 이는 "낭만적 상상력의 씨앗"을 바로 세르반테스나 셰익스피어 및 이탈리아 시문학에서, 더 나아가서는 '낭만적romantisch'이라는 단어가 기원한 중세 시대의 기사소설이나 동화로까지 소급해서 찾아볼 수 있다는 의미이다. 이를 통해서 '시문학의 시대들'에서 세르반테스와 셰익스피어에게서 "낭만적 토대"가 마련되었다는 안드레아의 평가가 정당화되고 있음을 확인할 수 있다. 고전적인 것과 낭만적인 것 사이의 차이가 역사적 관점에서 언급되기는 했지만, 안토니오에게 '낭만적인 것'은 "시문학의 한 요소"다. "모든 시문학은 낭만적이어야" 하기 때문이다. 슐레겔의 이 유명한 문장은 '낭만적'이라는 개념을 역사적 시기의 의미로 이해할 것이 아니라 포에지/시문학의 본질에 대한 인식의 차원에서 이해해야 할 필요성을 제기한다.

안토니오와 아말리아가 함께 했던 모임에서 또하나의 중요한 쟁점은 과연 '소설이란 무엇인가'라는 질문이었다. 안토니오는 소설이 "한 권의 낭만적 책"이며, "이야기와 노래와 다른 형식들이 섞여 있는 것"이라고 생각한다. 여기서 소설은 결코 서사(시)적 장르 개념이 아니라 모든 문학적 장르의 종합으로서 규정되고 있는 것이다. 이는 "낭만적 포에지는 시와 산문, 독창성과 비평, 인공적 시문학과 자연적 시문학을 서로 섞거나 융합하여야 한다"
는 「아테네움 단편」 116번의 축약된 발언인 셈이다. 따라서 '장
르'로서의 소설이나 무대에서의 상연이라는 실용적 목적을 위한
드라마는 "응용된 소설"에 불과한 것으로 간주된다. 또한 낭만적
시문학과 동의어인 소설에 관한 이론은 "그 자체로 한 편의 소
설"이어야 한다고 주장하는데, 이는 소설 자체가 소설에 관한 이
론이어야 한다는 메타소설적 층위에서의 성찰의 요구다.

  편지의 서두에서 안토니오는 (저자의) 개체성이 가장 극단적
으로 표현될 수 있는 문학적 형식인 '고백'을 아라베스크와 함께
낭만적인 자연적 산물이라고 주장한 바가 있다. 이를 다시 환기
시키면서 안토니오는 "가장 훌륭한 소설들 중 최고의 것"은 "어
느 정도 자신을 숨기고 있는 저자의 자기 고백"이라는 확신을 피
력한다. 왜냐하면 자기 고백이야말로 "자기 경험에서 거두어들인
수확이요 자신이 지닌 고유함의 정수"이기 때문이다. 그리고 이러
한 '위장'과 '고백'이라는 이율배반적인 두 요소가 동시적으로 작
동할 수 있는 유일한 형식이 바로 아라베스크라고 지적한다. 안
토니오가 루소의 『고백록』이나 E. 기번의 회고록을 이에 대한 탁
월한 예로서 언급하고 있지만, 실은 슐레겔 스스로 이미 이러한
시학적 요구들을 1799년에 출간된 소설 『루친데*Lucinde*』에서 적
용시킨 바가 있다는 점을 상기할 수 있을 것이다. 『루친데』는 '어
느 미숙한 자의 고백'이라는 부제, '사랑'이라는 감성적 소재, '아
라베스크'라는 환상적 형식, '소설 이론에 관한 소설'로서의 메타
소설적 성격의 측면에서 안토니오가 지금까지 언급한 낭만적 시

문학의 총체를 구현하고 있다고 볼 수 있다.

안토니오의 낭독 이후 이어지는 대화는 앞서 두 차례의 대화와는 달리 이례적으로 서술자가 등장하여 간접화법으로 짧게 묘사된다. 편지를 낭독하도록 허락한 아말리아의 겸손함을 칭송하는 가운데 마르쿠스가 당시 생존 작가 괴테에 관한 논평을 하겠다고 나선다.

5. 괴테, "새로운 시문학의 창립자이자 주도자"

마르쿠스의 괴테에 관한 시론은 당시 여전히 왕성한 창작 활동을 하고 있었던 괴테의 지금까지의 창작 과정을 짚어보고자 한 과감한 비평적 시도다. 슐레겔은 1798년 7월에 이미 괴테의 소설 『빌헬름 마이스터의 수업시대』(1795/96)에 관한 서평 「괴테의 마이스터에 관하여Über Goethes Meister」를 문학잡지 『아테네움』에 발표한 바가 있었다. 낭만주의 문학 비평의 전형으로 간주되는 이 서평이 슐레겔이 한 편의 시문학작품에 헌정한 "가장 상세하면서도 호소력 있는 긍정적 평가"라면, 마르쿠스의 시론은 시인 괴테의 "정신의 역사"를 규명하려는 데 목적이 있다. 아울러 아직 완결되지 않은 동시대 작가의 작품 세계에 대한 이해나 평가가 "근삿값"에 불과한 불완전한 것임에도 '시문학의 시대들'에서도 이미 지적된 "괴테의 보편성"에 관한 비평적 검토를 수행하려는 것이다.

마르쿠스에게 괴테는 "청년기적 열광의 모든 격렬함"과 "완성된 교양의 원숙함"이 가장 첨예하게 대립되는 작가다. 이에 기반하여 마르쿠스는 괴테의 창작 발전 과정을 독일문학사에서 흔히 일컬어지는 세 시기, 즉 질풍노도, 초기 고전주의, 고전주의로 나누어 각 시기를 대표하는 작품에 대한 논평을 제시한다. 하지만 마르쿠스는 때때로 괴테의 작품들에 대한 확정적 판단을 유보하는데, "예술적 판단이란, 즉 어떤 작품에 관해 형성된 완결된 견해"란 항상 "위험한 사실"이기도 하다는 점을 스스로 잘 알고 있기 때문이다.

"미래의 예술가를 예고"하는 『젊은 베르테르의 슬픔』, 무형식성의 활력을 보여주는 『괴츠 폰 베를리힝겐』, "성찰과 조화의 정신"이 깃들어 있는 『타소』, 이상주의적인 『헤르만과 도로테아』, 연극 무대를 위한 구상과 습작들을 지배하는 예술적 처리 방식과 원리 등에 관한 마르쿠스의 견해는, 예술과 시문학의 역사가 그러하듯, '변형'과 '변모'를 통해 전진해나가는 괴테의 시적 정신의 흥미로운 여정을 여실히 보여준다. 특히 괴테가 평생에 걸쳐 완성한 비극 『파우스트』의 1부(1808)와 2부(1832)가 출간되기도 전에 『파우스트 단편』(1790)을 괴테의 "정신 전체"를 드러내는, "인간의 시적 능력"이 만들어낸 "가장 훌륭한 작품"으로 예견한 점은 마르쿠스/슐레겔의 탁월한 비평적 형안炯眼을 보여주기에 충분하다. 하지만 이 시론의 중심에 있는 작품은 단연코 『빌헬름 마이스터의 수업시대』다.

모든 예술가들이 끊임없이 연구하게 될 "한 편의 연구서"와도 같은 이 작품의 탁월한 특성을 마르쿠스는 다음과 같이 제시한다. 첫째는 여러 등장인물 속에 분산되어 나타나는 개별성, 둘째는 고전적인 것(고대)과 낭만적인 것(근대)의 조화, 셋째는 예술가 소설이라는 이념과 교양Bildung 이념이라는 두 겹의 이중성이다. 무엇보다도 '고대'와 '근대'의 관계를 정반합正反合의 역사철학적 3단계 모델 속에서 시(문)학적으로 구현하는 것은 1800년 전후 고전주의자나 낭만주의자들에게나 모두 시대적 요청이자 과제였다. 그런데 괴테의 『빌헬름 마이스터의 수업시대』에서 근대의 베일 아래 어디서나 고대의 정신을 발견할 수 있다는 것이다. 이제 괴테야말로 "처음으로 고대와 근대의 시문학 전체를 포괄하고 영원한 진보의 씨앗을 품고 있는" 경지에 이른 예술가로 평가된다. 특히 괴테의 시적 정신과 창작이 보여주는 "보편적 경향"과 "진보적 준칙들"은 '점진적 보편포에지eine progressive Universalpoesie' 라는 낭만적 포에지의 본질에 정확하게 부합한다. 세르반테스와 셰익스피어의 죽음(1616년) 이후 낭만적 정신이 시문학의 역사에서 사그라들었지만, 두 대가의 운명과는 달리 이제 괴테는 "새로운 시문학의 창립자이자 주도자"가 될 것이라고 천명된다.

고대적인 것과 근대적인 것의 합일에 관한 문제는 이후 이어지는 토론에서도 모두의 관심사로 부각된다. 다만 어떤 조건에서, 어느 정도까지 이것이 타당한지가 쟁점이 된다. 시문학의 '정신'에서는 고대적인 것과 근대적인 것의 "무조건적" 결합이 가능하겠지만, 예컨대 시문학 '작품'에서의 율격, 어법, 성격, 플롯 등에서 이 양자 간의 완전한 합일이나 중재를 기대하기란 어렵기 때문이다. 이를 위한 구체적 수단과 방법에 대해서 서로 의견이 일치하지는 않지만, 예술의 문제에 있어서 "하나의 지식", 예컨대 시문학의 본질이나 원칙들이 이 시문학 모임에서처럼 서로 공유될 수 있는 가능성에 대해서는 모두가 확신한다. "시문학을 사랑하는" 이들이 이제 바랄 것은 "시에 대한 이념들"을 발견하고 이에 따라 창작하는 능력을 갖추는 것일 뿐이다.

6. (시)문학이란 무엇인가?

프리드리히 슐레겔이 남긴 가장 까다로운 텍스트들 중 하나로 손꼽히는 『시문학에 관한 대화』는 독일 낭만주의의 이론적 정립이자 비평적 실천인 동시에 대화의 형식 속에서 다양한 개별성이 동시적으로 발현되는 낭만적 사교의 공동체적 이상을 보여준다. '정신적 혁명'이라고 불릴 만큼 1800년 전후 가장 눈부시게 전개된 독일의 지식담론의 맥락에서 이 텍스트에 켜켜이 담긴 철학적·미학적, 역사철학적, 시학적, 문헌학적·해석학적 쟁점과 논쟁을 이 짧은 글에서 정교하게 규명하는 것은 불가능할 터이다. 그렇지만 『시문학에 관한 대화』의 정밀한 독해를 통해서 적어도 슐레겔이 의미하는 바의 '낭만적'이라는 개념의 이해에 이르게 된다면, '낭만주의'라는 용어를 특정한 역사 시기에 속하는 것으로만 규정하는 잘못된 관습에서 벗어나 '(시)문학이란 무엇인가'라는 근본적 질문에 대한 성찰과 숙고의 계기는 주어질 것이다. 필립 라쿠-라바르트와 장-뤽 낭시가 정확하게 짚어낸 것처럼, "자기 자신에 대한 무한한 요구와 자기 자신에 대한 끊임없는 문제 제기로서의 문학"은 역사적 시기로서의 "낭만주의로부터, 그리고 낭만주의로서", 즉 낭만적 시문학으로서 시작되기 때문이다. 물론 19세기 말부터 시작된 모더니즘의 물결과 이후 포스트모더니즘의 수많은 다원주의적 미학 이론과 논의에 보다 친숙한 독자들에게는 슐레겔의 낭만적 문학/예술 강령이 이상주의적이고 고답적으로 느껴질 수도 있다. 그럼에도 "예술이 삶이고, 삶이 예술이다"라는 플럭서스 운동의 모토가 흡사 지배적인 현대 예술의 생태적 환경에서 '낭만적' 의미에서의 '포에지'가 요구되는 지점은 분명히 있을 것이다.

한 가지 덧붙이자면, 1823년 슐레겔은 『전집』 출간을 준비하면서 제5권에 『시문학에 관한 대화』를 포함시키기 위해 텍스트의 상당 부분을 수정했는데, 이 과정에서 초기 낭만주의자로서 피력했던 견해를 철회하거나 보완한다. 따라서 1823년 판본은 1800년 판본에 대한 유용한 주석 정도로 참조할 수 있겠으나, 프랑스혁명 전후의 시대적 격동 속에서 낭만주의 운동이라는 정신적 문화혁명을 주도했던 젊은 슐레겔이 1808년 가톨릭으로 개종한 후 낭만적 시문학에 한층 강화된 기독교적·비의적 성격을 어떻게 부여했는지를 흥미롭게 톺아볼 수 있는 텍스트로서도 읽을 수 있을 것이다.

1772년   3월 10일 하노버에서 개신교 목사 요한 아돌프
             슐레겔과 요하나 크리스티아네 에르트무테 사이
             에서 출생.

1788년   아버지의 뜻에 따라 라이프치히의 슐렘 상사에
             서 견습.

1789년   견습 생활을 중단하고 고전어와 고전문헌학을
             독학하며 형 아우구스트 빌헬름 슐레겔의 지도
             하에 대학 입학 준비.

1790년   (1790년 8월부터 1791년 부활절 시기까지) 괴팅겐
             대학에서 법학, 고전문헌학, 철학 공부.

1791년   (1791년 5월부터 1794년 1월까지) 라이프치히대학
             에서 학업 계속.

1792년	1월에 노발리스를 만나 우정을 나누고, 4월에 드레스덴에 있는 크리스티안 고트프리트 쾨르너의 집에서 실러와 처음 만남. 익명으로 평론을 잡지에 기고하기 시작.
1793년	형의 애인 카롤리네 뵈머가 마인츠 공화주의파와 관련하여 경찰의 추적을 받자 8월에 라이프치히 근교 작은 마을에서 그녀를 돌봐주면서 프랑스혁명에 고무됨.
1794년	경제적 이유로 학업을 중단하고 1월에 드레스덴으로 이주. 그리스 시문학과 문화사에 대한 연구 결과로 「그리스 시문학 학파에 관하여Von den Schulen der griechischen Poesie」 등을 발표.
1795년	「아름다움의 한계에 관하여über die Grenzen des Schönen」「디오티마에 관하여über die Diotima」 발표. 8월에 「그리스 시문학 연구에 관하여über das Studium der griechischen Poesie」 원고를 출판사에 넘김.
1796년	카롤리네와 결혼한 형이 살고 있는 예나로 여름에 이주하여 괴테, 피히테, 빌란트, 니트함머와 친분을 쌓음. 실러가 발간한 『문학연감 1796Musenalmanach für das Jahr 1796』에 관한 도발적 서평으로 실러와 불편한 관계 시작. 요한 프리드리히 라이하르트가 창간한 잡지 『도이칠란

트_Deutschland_에 「공화주의의 개념에 관한 시론 Versuch über den Begriff des Republikanismus」 「야코비의 볼데마르_Jacobi's Woldemar_」 등을 발표.

1797년　　7월에 베를린으로 이주. 헨리에테 헤르츠, 라헬 레빈의 문학 살롱에서 사교모임. 여기서 유부녀 도로테아 바이트를 처음 만나 연인 관계로 발전. 루트비히 티크와 프리드리히 슐라이어마허와 교제. 「그리스 시문학 연구에 관하여」가 실린 『그리스인과 로마인, 고전 고대에 관한 역사적·비판적 시론_Die Griechen und Römer, historische und kritische Versuche über das klassische Altertum_』 출간. 라이하르트가 새로 창간한 잡지 『순수예술학교 Lyceum der schönen Künste』에 「게오르크 포르스터 Georg Forster」 「레싱에 관하여_über Lessing_」 및 「비판적 단편_Kritische Fragmente_」 발표.

1798년　　형 아우구스트 빌헬름 슐레겔과 함께 초기 낭만주의 문학잡지 『아테네움_Athenäum_』 창간(1800년까지 발간). 형과 카롤리네, 노발리스, 피히테, 셸링과 함께 여름에 드레스덴에 잠시 체류. 『그리스인과 로마인의 시문학 역사_Geschichte der Poesie der Griechen und Römer_』 출간. 「아테네움 단편 Athenäum Fragmente」 「괴테의 마이스터에 관하여 über Goethes Meister」 발표.

1799년	1월에 도로테아가 지몬 바이트와 이혼. 9월에 예나로 이주하면서 슐레겔 형제를 비롯하여 도로테아, 티크, 노발리스, 브렌타노, 셸링 등으로 이루어진 초기 낭만주의자들의 모임이 형성됨. 소설 『루친데_Lucinde_』(1권) 출간.
1800년	여름에 예나대학에서 박사학위 취득. 겨울 학기에 초월철학Transzendentalphilosophie에 관한 강의 시작. 「시문학에 관한 대화Gespräch über die Poesie」 발표.
1801년	3월 14일 교수 자격시험을 치름. 3월 25일 친구 노발리스 사망. 5월에 『성격 묘사와 비평 _Charakteristiken und Kritiken_』(2권) 출간. 12월에 혼자 베를린으로 여행.
1802년	1월에 드레스덴에 잠시 체류. 비극 『알라르코스 _Alarcos_』가 출간되어 5월 29일 바이마르에서 초연. 도로테아와 함께 라이프치히, 바이마르, 프랑크푸르트를 거쳐 7월에 파리 도착.
1803년	파리에서 잡지 『오이로파_Europa_』 창간(1805년까지 발간). 페르시아어와 산스크리트어 공부 시작. 11월부터 철학과 유럽문학사 강연. 「프랑스 여행 Reise nach Frankreich」과 예술 관련 평론 발표.
1804년	4월 6일 도로테아와 결혼. 부아세레 형제와 함께 북부 프랑켄 지역과 벨기에를 거쳐 쾰른에

도착. 쾰른에서 문학과 철학 강연. 가을에 제네바 호반 도시 코페로 스탈 부인과 형 아우구스트 빌헬름 슐레겔 방문.

1805년   쾰른에서 보편사와 철학 입문 및 논리학 강연. 중세철학과 역사에 관한 연구.

1806년   노르망디의 아코스타 성으로 스탈 부인을 방문하여 초월철학에 관하여 개인 교습.『문학수첩 1806*Poetisches Taschenbuch für das Jahr 1806*』편집, 출간.

1807년   쾰른에서 독일 언어와 문학에 관하여 강연.

1808년   4월 18일 도로테아와 함께 가톨릭으로 개종. 바이마르와 드레스덴을 거쳐 6월에 오스트리아 빈 도착.「인도인의 언어와 지혜에 관하여*über die Sprache und Weisheit der Indier*」출간.

1809년   4월에 오스트리아 정부군 궁정위원회 비서관에 임명. 오스트리아 군사령부에서 정부의 입장을 대변하는『오스트리아 신문*österreichische Zeitung*』발간(6월부터 12월까지).

1810년   2월부터 5월까지 근대사 강연(1811년 강연집『근대사에 관하여*über die neuere Geschichte*』출간). 신문『오스트리아 옵저버*österreichischer Beobachter*』창간.

1812년   문화보수주의적 성격의 잡지『도이체스 무제움 *Deutsches Museum*』창간(1813년까지 발간). 고대 및 근대 문학사 강연(1815년 강연집 『고대 및 근대문학의 역사에 관하여*über die Geschichte der alten und neuen Literatur*』 출간).

1813년   4월부터 메테르니히의 지시로 정치적 건의서 및 팸플릿 작성, 독일연방조약과 헌법 초안 작성에 관여.

1814년   나폴레옹 실각 후 메테르니히가 주도하는 빈회의에 오스트리아 사절단의 일원으로 참여.

1815년   교황으로부터 그리스도 훈장 수훈. 귀족 작위를 받음. 프랑크푸르트 연방의회에 파견되는 오스트리아 외교사절단 참사관으로 임명.

1816~1817년   프랑크푸르트 연방의회에서 언론 및 외교적 활동.

1818년   4월에 도로테아가 로마로 떠남. 9월에 프랑크푸르트에서 소환된 후 형 아우구스트 슐레겔과 함께 라인강 지역 여행. 뮌헨에 체류하면서 셸링과 야코비를 만남.

1819년   예술전문가의 자격으로 오스트리아 황제 프란츠 1세와 메테르니히를 2월부터 7월까지 로마까지 수행함.

1820년   가톨릭 성향의 잡지 『콩코르디아*Concordia*』 창간(1823년까지 발간). 『빈 연감*Wiener Jahrbücher*』에 「로마에 있는 독일 예술작품 전시에 관하여*über* die deutsche Kunstausstellung」발표.

1821년	『전집*Sämmtliche Werke*』간행 준비(1권 『시집 *Gedichte*』은 1809년 출간).
1823년	『전집』중 2권에서 9권까지 출간.
1825년	출판사의 재정파탄으로『전집』출간이 10권에서 중단.
1827년	아우크스부르크와 뮌헨으로 여행. 빈에서 생철학 강연(1828년 강연집『생철학*Philosophie des Lebens*』출간).
1828년	3월부터 5월까지 역사철학 강연(같은 해 10월 강연집『역사철학*Philosophie der Geschichte*』출간). 12월부터 드레스덴에서 철학 강연(슐레겔 사후 1830년 강연집『철학 강의, 특히 언어와 말의 철학에 관하여*Philosophische Vorlesungen, insbesondere über Philosophie der Sprache und des Wortes*』출간).
1829년	드레스덴에서 강연 준비를 하던 중 1월 11일에서 12일로 넘어가는 밤에 뇌졸중으로 쓰러져 사망.

지은이 프리드리히 슐레겔

독일 낭만주의 문학이론가. 1772년 하노버에서 개신교 목사의 아들로 태어났다. 낭만
주의 문학운동의 기관지『아테네움』을 창간했으며, 다양한 비평 활동을 통해 1800년
전후 독일의 정신적 문화혁명을 주도했다. 파리에 체류하면서 문화정치적 성향의 잡
지『오이로파』를 창간하며 강연 활동을 벌였다. 저서로『그리스 시문학 연구에 관하여』
『시문학에 관한 대화』『루친데』『알라르코스』등이 있다.

옮긴이 이영기

충북대학교 독일언어문화학과 교수. 중앙대학교 독어독문학과와 동 대학원을 졸업하
고 독일 에를랑겐-뉘른베르크대학교에서 독일 낭만주의 문학과 프리드리히 횔덜린 연
구로 박사학위를 받았다. 프리드리히 슐레겔의 소설『루친데』를 우리말로 옮겼으며, 저
서로『독일 신세대 문학 —1990년 이후 독일 문학계의 지형 변화』(공저)가 있다.

시문학에 관한 대화

초판 인쇄 2023년 12월 8일
초판 발행 2023년 12월 28일

지은이 프리드리히 슐레겔
옮긴이 이영기

책임편집 이경록 ǀ **편집** 이희연
디자인 이현정 ǀ **저작권** 박지영 형소진 최은진 서연주 오서영
마케팅 정민호 서지화 한민아 이민경 안남영 왕지경 황승현 김혜원 김하연 김예진
브랜딩 함유지 함근아 고보미 박민재 김희숙 박다솔 조다현 정승민 배진성
제작 강신은 김동욱 이순호 ǀ **제작처** 더블비

펴낸곳 (주)문학동네 ǀ **펴낸이** 김소영
출판등록 1993년 10월 22일 제2003-000045호
주소 10881 경기도 파주시 회동길 210
전자우편 editor@munhak.com ǀ **대표전화** 031)955-8888 ǀ **팩스** 031)955-8855
문의전화 031)955-3576(마케팅) 031)955-3572(편집)
문학동네카페 http://cafe.naver.com/mhdn
인스타그램 @munhakdongne ǀ **트위터** @munhakdongne
북클럽문학동네 http://bookclubmunhak.com
ISBN 978-89-546-9891-7 93850

잘못된 책은 구입하신 서점에서 교환해드립니다.
기타 교환 문의 031)955-2661, 3580

www.munhak.com